일러두기

1. 이책은 경기콘텐츠진흥원이 주최한 '2023 제7회 경기히든작가' 공모전의 소설 부문 작품집입니다.

2. 한글맞춤법을 따랐으며, 저자가 강조한 부분은 고딕체, 혹은 굵은 글씨로 표시했습니다.

3. 작품은 작가의 이름 가나다순으로 수록되어 있습니다.

2023
경기히든작가
선 정 작 품 집

제 7회 경기히든작가
소설 부문

005   김주몽   검은 사슴

039   김주헌   (혀를 내밀며) 가나다라마바사

073   박혜진   임상시험

097   송정진   즐거운 상상

121   유은정   AI 기자

picasso

검은 사슴

김주몽

제 7회 경기히든작가 소설 부문

검은 사슴

김주몽

1. 초록색 눈동자

내가 그녀를 만난 곳은 제주도의 한 서핑 샵이었다.

당시 나는 대학원 연구 논문을 끝내고 휴가 차 제주도에 갔는데 그곳에서 서핑강사로 일하고 있던 그녀를 만난 것이다. 그녀와의 이야기를 전개하기에 앞서 간단하게나마 그녀의 특징에 관해 설명해 보겠다.

그녀의 가장 큰 특징은 초록색 눈동자. 처음 마주치면 혼혈인가 싶을 정도로 그녀의 눈은 짙은 녹색을 띠었는데, 색과 더불어 그녀의 초점 없는 시선은 항상 어딘가 허공을 향하고 있었다. 분명 상대방을 보고 있는 것 같으면서도 초점이 흐릿한 눈동자는 보는 이로 하여금 묘한 인상을 주었다.

왜 허공을 바라볼까? 나는 그녀를 볼 때마다 자연스럽게 의문이 떠올랐고, 곧 그녀가 생각보다는 소심해서 눈을 못 마주치기 때문이라고 짐작했다. 물론 내 짐작은 보기 좋게 빗나갔고, 정확한 이유는 며칠이 더 지난 후에 알게 되었는데 그 이야기는 좀 더 나중에 하는 게 좋을 것 같다. 그보다는 내가 당시에 왜 그렇게 생각했는지에 대해 좀 더 설명해 보자.

평소에 조용했던 그녀는 서핑을 가르칠 때조차 말수가 적었다. 우리에게 파도가 오는 타이밍과 자세를 가르쳐 줄 때조차도 그 특유의 시선은 자꾸만 '어디론가'를 향해 있었고, 그럴 때마다 나도 모르게 그녀의 시선을 따라가 한눈을 팔곤 했다. 하지만 막상 그곳에는 아무것도 없었기 때문에 '아. 이 사람은 다른 곳을 보는 게 아니라 상대방을 보기 부끄러운 것이 아닐까?' 하고 추측하게 되었다.

그런 그녀와 본격적으로 말을 튼 것은 강습이 시작되고 나서 며칠 뒤였다. 나는 게스트하우스 로비에서 커피를 마시며 제주도에서 발견되는 야생 철새들에 관해 검색 중이었는데, 그녀는 지나가다 멈춰서 이어 그 흐릿한 눈빛으로 내 핸드폰을 보는 것이었다.

이번엔 그녀가 나의 시선을 느낄 차례였다. 나는 작정을 하고 고개를 돌려, 최대한 그녀와 눈을 또렷이 마주쳤다. 그녀가 어떤 반응을 보일지 내심 궁금했기 때문이다. 그러나 그녀는 나를 바라보는 대신에 철새 사진을 보며 처음으로 말문을 열었다.

"이 새는 이름이 뭐예요?"

새 이름을 물어볼 줄은 상상도 못 했기에 나는 적잖이 당황했지만, 나는 이래 봬도 동물학을 전공했기 때문에 곧바로 '저어새'라고 답해주며 내가 아는 저어새에 관한 이야기를 술술 펼쳐 나갔다.

그러나 그녀는 나의 긴 설명에 짤막하게 대답할 뿐이었다.

"이 새… 작년 여름에 본 적 있어요."

그녀가 뒷말을 이어가지 않았기에 한동안 정적이 흘렀다. 나는 그 정적을 참을 수 없어서 또다시 '저어새는 멸종위기 동물이다. 어떻게 그 새를 보게 되었느냐.' 같은 여러 진지한 얘기를 장황하게 이어 나갔다. 지금 생각해보니 참 말이 많았던 것 같아 부끄럽지만, 그녀는 괜찮다는 듯 한참을 들어주더니, 자신이 본 다른 동물들에 관해서 얘기하기 시작했다. 대부분 제주도에서 서식하는 동물들이었는데 일반인이 볼 수 있는 동물치고는 꽤 많은 종류였기 때문에 나는 흥미롭게 그녀의 말을 들을 수 있었다.

대화가 이어지면서, 어느새 그녀의 경계심이 풀린 것을 어렴풋이 느낄 수 있었다. 그녀의 눈동자가 생기를 띠었고, 시선은 또렷하게 나의 눈을 향하고 있었기 때문이다. 그러나 내가 약간의 실수 아닌 실수를 한 것은 바로 그때였다.

"근데 이상하네요. 저어새는 여름철 한반도에서 번식하지만, 겨울이 되어야 제주에 오는데……, 제주에서 보신 거 맞아요?"

나의 질문에, 생기를 띠었던 그녀의 얼굴은 미묘하게 경직되더니, 초록색 눈동자는 또다시 초점이 흐려져 어딘가 먼 곳을 바라보기 시작했다. 당연히 그녀가 바라보는 곳엔 아무것도 없을 것이었지만, 이번에도 나는 어김없이 그녀의 시선을 따라 뒤를 돌아보았다.

"제 얘기가 거짓말이라고 생각하세요?"

나는 당황했다. 그녀에게 큰 무안함을 준 것 같았기 때문이다.

나는 곧 학술적으로만 그럴 뿐, 충분히 제주에서도 여름에 저어새를 볼 수 있다고 둘러댔다. 더 이상 사실 여부는 중요하지 않았고 당장 그것을 수습하는 것이 중요하다고 느꼈기 때문이다.

그녀는 나의 변명을 가만히 듣고는 조용히 말했다.

"어쩌면 제가 귀신을 본 것일지도 모르겠네요. 저는 가끔 귀신을 보거든요."

또다시 정적이 흘렀다. 나는 그녀의 말을 농담이라고 생각하고 웃어주며 나도 가끔 귀신을 본다고 말했지만, 그녀는 여전히 자기 말을 믿지 않는다는 듯이 의심스러운 표정으로 나를 바라보았다. 나는 어쩔 줄 몰라 간신히 다음 할 말을 쥐어짜 냈다.

"그럼 혹시… 지금도 제 뒤에 귀신이 보이나요?"

나의 조크가 통했던 것일까? 그녀는 곧 웃기 시작했다.

"네. 그 쪽에게서는 앵무새가 보여요."

앵무새라니. 황당한 말이었지만 그녀가 웃었기 때문에 그런 건 더 이상 중요하지 않았다. 이로써 위기는 넘긴 것이다. 나는 먼 곳까지 와서 불상사를 만들고 싶지 않았고, 서핑강사와의 관계도 그르치기 싫었다.

그리고 나서 주제는 자연스럽게 다른 동물들로 넘어갔다. 나는 DSLR을 꺼내서, 제주에서 찍은 철새들 사진을 보여주었는데, 그중엔 그녀가 본 새들도 많았던 것 같다. 분위기가 한층 누그러진 것을 느낄 수 있었는데, 우린 뭔가를 통한 사람들이 그렇듯이 시간 가는 줄 모른 채 많은 얘기를 나누었다.

그녀와 헤어지고 나서 방안에 돌아왔을 때는 이미 해가 진 후였고 나는 녹초가 되어서 침대에 누웠다. 처음엔 상대방에 대한 호기심이

발동해 이야기를 시작한 거였는데, 어느새 한 시간 반 동안 떠들고 말았다.

'알 수 없는 여자야.'

그런 생각을 하며 잠이 들려고 할 때, 어디선가 새소리가 들려왔다. 창밖을 보니 나무 위에 새 한 마리가 앉아 있었다.

'나무 위의 새……'

순간, 나는 어렸을 적 할머니 집에서 키우던 작은 앵무새를 기억해 냈다. 나는 앵무새의 새장에 나뭇가지를 넣어주기 위해서 나뭇가지를 꺾어오곤 했는데 그 앵무새가 나를 무척 따랐고 나도 그 앵무새를 무척 좋아했었다는 것을 떠올리자, 거짓말처럼 그녀가 몇 시간 전에 했던 말이 귓가에 맴돌았다.

"그 쪽에서는 앵무새가 보여요."

곧 소름이 돋았다. 그녀가 정말로 무언가를 본 것일까? 너무 놀란 나머지 급하게 그녀에게 연락하려고 했지만, 너무 늦은 시간인 것을 깨닫자 쉽사리 연락할 수 없었다.

'그렇게 소란 떨 이유가 없어. 그녀가 그냥 한 말일 수도 있고 우연의 일치일 수도 있잖아? 그런데 그녀가 정말로 귀신을 본다면?'

그녀의 눈동자가 초록색인 것도, 어딘가 초점이 흐려져 다른 곳을 응시하는 것도 설명되었다. 등줄기가 서늘해졌다.

그러나 한편으로 모든 것이 우연의 일치라는 생각이 들었고, 애들 장난 같다는 생각도 들었다. 앵무새는 흔하다. 누구나 살면서 앵무새 한 마리쯤은 만나보지 않았을까? 할머니가 앵무새를 키웠던 것은 우연일 뿐이다. 그리고 앵무새가 귀신이 되어 나타나봤자 얼마나

무서우랴. 귀신도 아니고. 그냥 반갑게 안아줄 것이다…… 그런 생
각을 하며 잠이 들었다.

그리고 그날 밤, 나는 꿈에서 어렸을 때 키우던 앵무새를 만났다.

*

"계속 당신 주위에 있어요."

다음날 강습 쉬는 시간. 정말로 앵무새를 보았냐는 내 질문에 그녀
는 짐짓 태연하게 대답했다.

"지금도 있다고요?"

나는 식겁해서 뒤를 돌아보았지만, 그녀는 그런 나를 보며 웃기만
할 뿐 별다른 대답이 없었다. 나는 조심스럽게 서핑 강습이 끝나고
그녀를 따로 만날 수 있는지 물어보았다. 그녀에게 이성적인 감정을
느꼈던 것일까? 누군가 물어본다면 아니라고 대답할 테지만 나는
알게 모르게 그녀에게 호기심을 느끼고 있었다. 앵무새 얘기 이후로
그녀의 이야기가 더욱 더 궁금했다. 그녀는 순순히 승낙했고 우리는
처음 만났던 게스트하우스 로비에 앉아 아이스크림을 먹으면서 이
야기를 계속 이어 나갔다.

"그러니까, 정말로 귀신을 본다는 거예요?"

"동물 만요."

그녀의 말에 따르면 그녀가 볼 수 있는 영혼은 사람이 아닌 동물들
에 한정되어 있었다. 더욱 흥미로운 것은, 그 영혼들이 살아있는 동
물들과 별 차이가 없어서 전혀 귀신이라고 눈치챌 수 없다는 것이

다. 그저 그 장소에 있어야 할 동물이 아니라면 그것이 귀신이라고 짐작할 뿐이었다. 예를 들어 서핑 강습을 하다가 바다에서 코끼리가 보인다든지, 도심 위의 하늘로 헤엄치는 고래가 보이는 식이었다.

나는 바다를 바라보며 그녀가 말하는 풍경들을 상상해 보았다. 평온한 해변을 걷는 코끼리, 혼잡한 도심 위를 헤엄치는 고래…… 그 풍경이 또렷하게 그려지진 않았지만 흐릿하게 상상하는 것만으로도 나는 그동안 한 번도 느껴본 적 없는 희열을 느꼈다.

그 뒤로도 우리는 게스트하우스 로비에서 만나 많은 이야기를 나누었다. 그녀는 자신이 보아왔던 동물들에 관해 얘기하곤 했는데, 심지어 이야기하는 와중에도 주변에 영혼들이 나타났기에 대화는 끊길 줄 몰랐다. 어느새 나는 그녀가 설명하는 영혼이 실제로 존재하는지 아닌지는 신경 쓰지 않고, 그 이야기를 온전히 즐기고 있음을 깨달았다. 어쩌면 동물이야말로 우리를 확실하게 통하게 해주는 연결고리가 아니었을까?

문득, 나는 그녀가 고대의 동물들도 보았는지도 궁금해졌다. 죽은 동물들을 볼 수 있다면 몇백만 년 전의 동물들도 볼 수 있을 것이었다. 매머드라든지 검치호랑이 같은 것들을 말이다. 내 질문에 그녀는 곰곰이 생각해보더니, 아직 고대 생물은 본 적 없다고 했다.

"검은 사슴을 본 적은 있어요."

나는 약간 김이 빠졌지만, 생각해볼수록 흥미로웠다. 흑돼지야 들어본 적이 있지만 검은 사슴이라니. 들어본 적이 없었다. 사슴이라는 종 자체가 제주에서는 아주 희귀할 텐데, 검은 사슴이라니!

인터넷에 검은 사슴을 검색해 보았지만 별다른 정보는 나오지 않았다. 제주도에 사슴은 없어진 지 오래였고, 1920년대 일제 강점기 때 제주도에 있는 대륙사슴들이 해수 구제 사업의 일환으로 멸종되었다는 게 전부였다.

만약에 그녀가 본 검은 사슴이 실제로 살아 있다면, 그것은 학계를 뒤흔들 만한 사건이었다. 그에 비하면 내가 1년 동안 쓴 논문은 한낱 종잇조각에 불과했다. 물론 그녀가 거짓말을 하는 것일 수도 있다는 가능성은 배제하지 않았지만, 혹시 어쩌면… 이 고립된 자연환경 어딘가에 돌연변이 한 마리쯤은 생겨날 수도 있지 않을까?

나는 어디서 검은 사슴을 보았냐고 물어보았고 그녀는 게스트하우스 뒤로 보이는 거대한 산을 가리켰다.

2. 안개 오름

지역주민들은 오래전부터 그 산을 '안개 오름'이라고 불렀다. 사실 오름이라기보다는 높은 산에 가까웠는데 정상에 있는 거대한 분화구 때문인지 그곳은 오름으로 불렸고 안개라는 별명은 그곳을 사계절 덮고 있는 거대한 안개에서 유래한 것이었다. 안개와 험악한 지형 때문에 예전부터 그곳엔 많은 실종자가 발생했지만 나는 그곳을 오르기로 결심했다. 그녀의 말을 믿기도 했지만, 무엇보다 그 정도로 인적이 드문 곳이라면 정말로 검은 사슴이 있을지도 모르는 일이라고 생각했다.

"일찍 왔네요."

서핑 강습이 없는 날. 우리는 안개 오름 입구에서 만났다. 약간의 설렘과 흥분을 감출 수 없던 나는 DSLR과 배낭, 등산화, 등등 여러 짐을 챙겨왔지만, 그녀는 꽤 단출한 차림새였다. 배낭도 메지 않고 모자도 쓰지 않은 채, 오직 자신의 초록색 눈만 보호하려는 듯 검은색 선글라스만 걸치고 있었다.

"짐을 그렇게 많이 가져오면 힘들어요. 안 들어줄 거니까 잘 따라와요."

그녀의 말에 나는 괜찮다며 보란 듯 앞장서 올라갔지만, 얼마 지나지 않아 뒤처지기 시작했다. 아무리 온 힘을 다해도 계속 그녀의 꽁무니만 쫓는 상황이 되었다. 반면, 그녀는 익숙해 보이는 자세로 성큼성큼 거침없이 올라갔는데, 이따금 주변을 두리번거리며 허공에 눈길을 줄 뿐이었다.

그녀는 올라가면서 자신이 어떻게 검은 사슴을 발견했는지 설명해 주었다. 그곳은 안개 오름 중턱에 있는 어느 동굴이었고 그녀의 말에 따르면 유독 동물의 혼령이 많이 나타나는 곳이었다. 그날도 그녀는 아무도 없는 동굴 앞에 앉아 오롯이 자신만의 휴식을 즐기고 있었는데 갑자기 바스락거리는 소리가 들렸고 곧 자욱한 안개 너머로 사슴의 실루엣이 보이기 시작했다.

"그림자는 점점 가까이 다가왔어요."

그녀가 나를 향해 말했지만 헐떡거리며 걷는 나는 제대로 듣지 못했다.

검은 사슴이고 뭐고…… 숨이 점점 가빠졌다. 어떻게 이렇게 저질 체력이 되었을까? 나는 한탄하며 겨우겨우 한 걸음 내디뎠지만 그녀는 아랑곳하지 않고 계속 이야기했다.

"가까워져도 형체가 보이지 않아서 이상했는데 알고 보니 그건 그림자가 아니었어요. 온몸이 검은색인 사슴이었죠."

그녀는 놀라서 검은 사슴을 바라봤다. 이 근방에서 새나 개, 고양이 종류는 보았어도 사슴을 본 적은 없었다. 사슴이 있기엔 너무 개방된 곳이었다. 그러나 그런 의문점은 신경 쓰지 않는 듯, 검은 사슴은 점점 더 가까이 그녀에게 다가왔다. 서로의 간격이 한 뼘도 되지 않을 정도로 가까워졌고 검은 사슴은 고개를 들어 그녀를 바라봤다. 검은 얼굴 때문에 그랬을까. 사슴의 눈망울은 더욱 또렷이 보였고, 그 눈망울에 일그러지고 왜곡된 그녀의 얼굴이 보였다.

시간이 멈춰버린 듯, 그녀와 사슴의 조용히 서로의 눈망울을 가만히 들여다보았다. 그리고 그녀가 손을 내밀어 얼굴을 만지려고 하자, 검은 사슴은 갑자기 뒤돌아 안개 속으로 사라졌다. 사슴이 완전히 사라질 때까지 그녀는 멍하게 사슴의 뒷모습을 바라볼 뿐이었다.

＊

나는 바위에 짐을 내려놓고 쉬면서 그녀의 얘기를 듣고 있었다. 하늘은 점점 흐려졌고 옅어진 햇빛 때문인지 어느새 그녀는 선글라스를 벗고 있었다.

"꼭 사람이 얘기하는 것 같았어요."

그녀의 말에 따르면 가까이 다가온 사슴은 무언가를 이야기하는 것 같았다. 검은 얼굴 안에서 반짝이는 눈망울. 나는 본 적 없는 검은 사슴의 눈을 상상해 보았다. 언젠가 제주도에서 보았던 말이 떠올랐다. 말들은 하나같이 눈이 맑았기 때문이다. 다큐멘터리에서 보았던 검은 표범이 떠오르기도 했다. 그리고 마지막으로는 무슨 이유에서인지 사슴의 눈망울에 비쳤을 그녀의 모습이 떠올랐다.

"무슨 얘기를 하려던 걸까요?"

나는 선뜻 대답하지 못한 채 눈앞에 보이는 울창한 나무들을 바라보았다. 동물이 그녀에게 어떤 메시지를 준다는 것은 선뜻 이해되질 않았다. 동물들도 인간과 마찬가지로 서로의 감정을 주고받는다. 하지만 사람과는 다른 체계로 의사소통하기 때문에 만약 그녀가 동물에게서 어떤 의도를 읽었더라도 그건 그녀의 착각일 가능성이 높았다.

그보다는 그것이 실제로 존재하는 사슴이었을까? 혹시 혼령은 아니었을까? 나는 문득 엉뚱한 생각이 떠올랐는데 그녀가 그 순간 사진을 찍었으면 어땠을까 하는 것이었다. 검은 사슴과 서로의 눈을 바라보고 있을 때, 핸드폰으로 사진을 찍었다면 그것이 혼령인지 아닌지 구분할 수 있었을 것이다. 내가 이런 생각을 조심스럽게 꺼내자 그녀는 웃기만 할 뿐이었다.

"이번엔 당신이 찍어 봐요."

너무 순진한 생각이었을까? 그녀는 웃는 이유를 설명해주지 않은 채, 출발하자며 가방을 동여맸다. 나는 조금만 더 쉴 것을 간절히 요청했지만, 그녀는 이미 저만치 멀어지고 있었다.

'뭐가 저렇게 신났을까?'

그녀는 어딘가 평소보다 더 활발해 보였다. 그에 비해 체력이 떨어진 나는 한 걸음 내딛는 것 자체가 죽을 것 같았지만 어쩔 수 없었다. 산을 오르자고 한 건 나였으니 이를 악물고 그녀의 뒤를 쫓을 수밖에 없었다.

그녀는 왜 사진을 찍지 않았을까? 신기한 것이 눈앞에 있으면 일단 찍고 보는 나로서는 도무지 이해되지 않았다. 혹시 혼령은 사진을 찍는 순간 사라지는 게 아닐까? 아니면 형체가 일그러진다거나… 아니면…

나는 문득 최악의 상상을 했다.

'혹시 거짓말인가?'

애초에 그녀가 가벼운 마음으로 올라오기엔 너무 가파른 산이었다. 아무리 내가 체력이 약하다지만 그녀에게도 분명 힘든 코스일 텐데 왜 여기까지 올라왔던 것일까? 뭔가가 이 오름 안에 있어서일까? 아니면 무언가를 이 오름에 숨겨두기 위해서?

궁금증은 또 다른 궁금증을 자아냈고 끝없이 머리를 어지럽혔지만, 시간이 지나면서 점차 옅어지기 시작했다. 몸에서 땀이 빠져나가면서 복잡한 머릿속이 자연스럽게 비워지기 시작했다. 대신에 새소리와 바람 소리, 그리고 멀리서 들려오는 파도 소리가 들려와 머릿속을 채웠다.

한 걸음 한 걸음 올라가는 것만이 중요해지고, 왜 올라가는지 기억조차 희미해져 갈 때쯤…… 저 멀리 동굴이 보이기 시작했다.

3. 동굴

 전설에 따르면 그곳에는 커다란 구렁이가 살았다고 한다. 구렁이는 안개를 만들고 비와 바람을 자유자재로 부리며 백성들을 못살게 굴었다. 어쩔 수 없이 백성들은 젊은 여자들을 제물로 바쳤는데, 구렁이는 점점 더 많은 제물을 요구하게 되었다. 보다 못한 마을 주민 중 한 청년이 여장을 하고 구렁이 동굴로 향했다. 그는 아내를 제물로 바치느니 자신이 제물이 되기를 원했다. 구렁이는 그의 용기를 높이 사서 한 가지 제안을 한다.

 "마을에 숨어있는 여자들의 위치를 알려주면 너의 아내만은 살려주겠다."

 청년은 고민 끝에 구렁이를 데리고 마을로 향했다. 그리고 높은 절벽을 지나갈 때, 그는 구렁이를 붙잡고 절벽 아래로 같이 떨어졌다. 그 뒤로, 구렁이는 보이지 않았고 마을 사람들은 더 이상 여자들을 제물로 바치지 않아도 되었다. 대신에 그들은 청년을 기리는 제사를 지냈고 그 풍습은 지금까지 내려오고 있다고 한다.

 그 후에 들려오는 일화는 조금 더 현실적이면서도 끔찍하다. 일제강점기 때 동굴은 일본의 군사기지로 활용되었고, 어린 청소년들은 군역에 동원되었다. 18세 이상은 전쟁터로 갔으니, 동굴을 건설하는 데 차출되는 인원들은 어린 청소년들이었다. 청소년들은 무리한 노동에 하나둘씩 쓰러져 갔지만 작업은 계속되었다. 이때 몇몇 남자아이들이 단합해서 다른 동네로 도망가는 사건이 벌어지는데, 이에 따라 진지 작업은 중단되기에 이른다.

검은 사슴

소년들이 사라지고, 소녀들만 남게 되자, 한 일본군 장교가 어린 소녀에게 한 가지 제안을 했다. 소년들이 숨어있는 곳을 알려주면 소녀의 오빠만은 살려주겠다는 것이다.

"이 이야기를 얘기해준 건 우리 할머니예요."

장교가 제안을 건넨 소녀는 다름 아닌 그녀의 할머니였다. 그리고 그녀의 할머니는, 전설로 전해져 내려오는 청년과는 다른 선택을 한다. 오빠의 위치를 일본군 장교에게 알려주었던 것이다. 곧이어, 소년들은 다시 마을로 잡혀 왔고, 주민들이 보는 앞에서 끔찍한 고문을 당했다. 물론 할머니의 오빠도 같이.

"할머니는 평생 그 일을 후회했어요."

그녀는 동굴에 선 채 무덤덤하게 얘기를 이어갔다. 실제로 이 동굴이 그녀와 연관되어 있었다니…… 그곳은 더 이상 무섭다기보다 사연이 깃든 슬픈 공간으로 느껴졌다. 가끔 천장에서 물방울들이 떨어졌는데 그 소리만 들어도 여러 영혼의 외침이 들리는 듯했다. 실제로 그녀가 동물 말고 사람의 영혼도 볼 수 있었다면 이곳에서 분명 많은 영혼을 보았으리라.

그녀는 한동안 말없이 바깥을 보았고 나는 천천히 동굴 안을 둘러보았다. 검은 사슴을 보겠다던 나의 결심은 실제 있었던 비극을 듣자, 한없이 초라하게 느껴졌다. 학계의 발견이고 명예고 마치 어린애들 장난처럼 느껴졌다. 이런 비극이 있던 곳이라니.

나는 그녀의 할머니가 느꼈을 공포감과 그녀가 검은 사슴을 만났을 때 느꼈을 공포심을 차례대로 떠올려 보며 가만히 동굴을 바라보았다.

그렇게 우리는 한동안 동굴에 앉아 검은 사슴이 나타나기만을 기다렸다.

*

얼마나 시간이 흘렀을까. 몸이 조금씩 저려 왔지만 검은 사슴은 여전히 보이지 않았다. 대신에 다른 동물들이 모습을 보였는데 오소리, 집토끼, 제비 등이었다. 그녀의 말대로 많은 동물들이 그곳에 나타났고 어느새 우린 그 동물들에 관해 얘기하느라 정신이 없었다.

제비는 나무에서 빠르게 내려와 먹이를 잡고는 사라졌는데 나는 그녀에게 제비가 동남아시아 일대에서 겨울을 보내다가 여름에 제주도를 찾는다는 사실을 알려주었다.

"그러니까 겨울에 제비를 본다면 귀신일 가능성이 높아요."

그녀는 가볍게 웃더니 이번에는 동굴 앞을 지나가는 강아지 무리에 관해 설명했다.

그녀가 허공을 보며 말했기 때문에, 나는 곧 그것들이 그녀의 눈에만 보이는 혼령들이라는 사실을 알 수 있었다. 비록 내 눈에 보이지 않았지만 나는 게스트하우스에서 그랬던 것처럼 그녀의 목소리를 들으며 지나가는 동물들을 상상해 보았다.

"이마가 넓고 귀가 뾰족하고요. 꼬리는 위로 말려 올라가 있어요."

한 번도 본 적 없는 개[1]라서 나의 상상만으론 머릿속에 잘 떠오르

---

1) 나중에 동료에게 들은 바로 그녀가 본 개는 이제는 멸종해버린 '제주견'이라고 한다.

지 않았지만, 그녀의 묘사를 듣는 것은 언제나 즐거웠다. 평소 어둡던 그녀의 말투에서 밝은 에너지가 느껴졌다. 어쩌면 그녀도 즐거웠던 것일까? 그녀의 밝은 에너지에 나는 신나서 더 많은 질문을 했다. 그렇게 한참 서로 이야기를 나눌 무렵, 갑자기 동굴 밖으로 물방울들이 떨어지기 시작했다. 소나기였다.

"이쪽으로 와요."

그녀가 나를 잡아끌어 동굴 깊숙이 밀어 넣었다. 동굴은 옛날 일본 군들이 들어갈 만한 정도의 크기로 만들어졌기 때문에 상당히 비좁았다. 얼떨결에 동굴에 갇혀버린 나는 그녀의 머리칼 너머로 간신히 동굴 밖을 볼 수 있었는데 비는 점점 거세지고 있었다. 예보엔 비 얘기가 없었는데…… 어쩌면 이곳 안개 오름에서는 흔한 일일지도 몰랐다. 이제는 영락없이 갇혔다고 생각할 때 그녀가 말을 꺼냈다.

"고마워요. 제 말을 믿어줘서."

동굴 안은 비좁았기 때문에 그녀가 아무리 작게 말해도 흔들리는 목소리를 또렷하게 느낄 수 있었다. 왠지 그녀의 진심도 한층 잘 느껴지는 것 같아서 나는 어떻게 대답해야 할지 몰랐다. 내가 정말로 그녀의 말을 100퍼센트 믿었을까? 지금 생각해보면 아니었던 것 같지만 내성적인 나의 성격을 생각해 보면 우리는 분명 빠른 속도로 친해진 건 확실했다. 우리에겐 통하는 무언가가 있었다. 비록 그것이 무엇인지 설명하긴 어려웠지만 말이다.

내가 어떤 말을 해야 할지 몰라 우물쭈물할 때 그녀가 먼저 말문을 열었다.

"그날도 이렇게 비가 내렸어요……"

이번엔 그녀 자신에 관한 이야기였다.

*

그녀가 처음으로 귀신을 본 것은 초등학교 4학년, 장마가 계속되던 어느 여름방학이었다. 그날은 비뿐만 아니라 바람도 강하게 몰아쳐 제주도에는 호우주의보가 발령되었다. 초등학생이었던 그녀는 험한 날씨일수록 친구들과 밖으로 나가서 모험심을 불태우곤 했는데, 그날도 의기투합해서 바닷가로 향했다.

비바람은 예보보다 훨씬 거세었다. 그녀와 친구들은 아랑곳하지 않고 바다로 나아갔지만 날아다니는 신문지와 나뭇가지들을 보자 생각보다 사태가 심각하다는 것을 깨달았다. 이대로 집에 돌아갈 것인가 휘몰아치는 바다를 구경할 것인가 친구들과 다투던 사이, 그녀는 방파제 위에서 익숙한 뒷모습을 발견했다. 그녀의 할머니였다. 멍하게 어딘가를 바라보는 뒷모습은 어린 그녀가 봐도 상당히 위험해 보였고, 그녀는 본능적으로 할머니를 향해 달려가기 시작했다.

"할머니!!"

그러나 할머니는 그녀의 목소리를 듣지 못한 채, 그저 바다 너머를 멍하니 바라볼 뿐이었다. 눈 깜짝할 사이에 거대한 파도가 방파제를 덮쳤고 할머니가 있던 자리에는 더 이상 아무도 보이지 않았다. 눈앞에서 할머니가 사라지자, 그녀는 할머니를 찾아 바다에 뛰어들었다. 어려서부터 수영에 자신 있던 그녀는 거침없이 바다에 뛰어들었지만, 생각보다 바다는 어두웠고 엎친 데 덮친 격으로 종아리에 쥐가 났다.

그녀가 마지막으로 기억하는 것은 거대한 해파리 떼였다. 어디선가 나타난 해파리들이 밝은 빛들을 내뿜으며 그녀의 몸을 천천히 휘감기 시작했다. 반짝이는 불빛들을 바라보며 그녀는 천천히 의식을 잃기 시작했다.

"할머니!!"

그녀가 눈을 떴을 때는 이미 집 안이었고, 부모님은 걱정스러운 듯 그녀를 바라보고 있었다. 정신을 차린 그녀는 곧, 눈앞에 있는 할머니를 보고 안도의 한숨을 내뱉었다.

"미안하다…… 미안하다……"

할머니는 울면서 미안하다는 말만을 연거푸 내뱉었다. 후에 들은 얘기로는 할머니는 그날 자살을 하려고 했던 모양이다. 물속으로 뛰어들었던 할머니는 바닷속에서 그녀가 보이자 처음엔 꿈인가 싶었다고 한다. 그러나 곧 자신을 구하기 위해 바다로 뛰어든 손녀라는 것을 깨달았고, 할머니에겐 또다시 두 가지 선택이 주어졌다. 그대로 손녀와 죽을 것인지 손녀와 함께 물 밖으로 나갈 것인지 선택해야 했다. 이제는 누구나 알 수 있듯, 할머니는 그녀를 살리는 것을 선택했고, 그 뒤로는 더 이상 자살 같은 건 생각하지 않으셨다고 한다.

한편 그날 이후로 그녀의 눈은 서서히 초록색으로 변하기 시작했다. 그녀의 어머니는 여러 병원에 그녀를 데리고 갔지만, 그녀는 불빛을 내뿜는 해파리 얘기를 할 뿐이었고, 그 얘기를 진지하게 듣는 사람은 아무도 없었다. 의사들은 멜라닌 색소가 줄어들어서 그렇다는 진단을 할 뿐 왜 멜라닌 색소가 줄었는지에 대해서는 밝혀내지 못했다.

그녀의 눈을 본 아이들은 점점 그녀를 따돌리기 시작했다. 그녀는 다른 사람들의 눈에는 보이지 않는 동물들과 노는 시간이 많아졌고, 엄마들 사이에서는 그녀가 정신병에 걸렸다는 소문이 돌았다. 초록색 눈이 어째서 놀림거리가 되었을까? 아이들은 서양 배우들의 초록색 눈은 예쁘다고 하면서 정작 그녀의 눈은 이상하게 바라봤다.

그녀는 그 시선들이 고통스러웠고 점차 혼자서 노는 것에 익숙해졌다. 그녀의 주변에는 여러 동물의 혼령이 있었기 때문에 외롭지 않았다. 부모님은 그녀를 걱정하는 마음에 인근 도심으로 이사 갔다. 도심에 있는 중학교에 진학하자, 그녀는 눈 색을 가리기 위해 검은 서클렌즈를 꼈다. 안경도 샀다. 남들은 안경을 벗고 파란 서클렌즈를 꼈는데 그녀는 반대로 자기 얼굴을 가리기 급급했다. 덕분에 그녀는 더 이상 따돌림을 당하진 않았지만, 어렸을 적의 활발했던 성격은 점차 내성적으로 변해가고 있었다.

중학생이 되고 나서 그녀는 더 이상 혼령에 관한 얘기를 하지 않았지만 2학년이 되던 어느 날 누군가는 자신의 얘기를 믿어주지 않을까 희망을 품기 시작했고 그 누군가는 바로 미술 선생님이었다.

"직접 기르는 강아지니?"

방과 후, 그녀는 강아지 그림을 그리다가 질문을 받았다. 젊고 자상한 성격 때문에 학생들에게 인기가 많은 미술 선생님이었다. 그녀는 무슨 말을 할까 고민하다가 엉겁결에 진심을 얘기했다.

"저기 나무 밑에 앉아 있는 강아지예요. 며칠 전부터 그대로 있어요."

그녀는 교실 밖을 가리켰다. 선생님은 그녀가 가리키는 곳을 바라보았지만, 그곳에는 아무것도 보이지 않았다. 그의 눈은 한동안 아무것도 없는 허공을 응시했다.

"장난이에요."

그녀는 곧 자기 말을 얼버무렸지만, 선생님은 물끄러미 그녀를 쳐다보았다.

"혼령을 본다면서?"

"누구한테 들으셨어요?"

그녀는 아무에게도 그런 말을 한 적이 없었기 때문에 당황했지만, 선생님은 차분하게 그녀의 어깨를 잡았다.

"괜찮아. 선생님한테 다 얘기해봐."

그녀는 그날 이후로 미술 선생님과 많은 이야기를 나누었다. 그동안 아무에게도 말하지 않아서 잊었다고 생각했던 이야기들이, 봇물 터지듯 쏟아져 나왔다. 드디어 그녀에게도 친구가 생긴 것 같았다.

그러나 며칠 뒤 그녀는 미술 선생님과 담임선생님이 얘기하는 것을 우연히 듣게 되었고, 이내 자기 생각이 혼자만의 착각이었다는 것을 깨달았다.

"그 아이. 정신이 오락가락해요. 혼령을 본다는 얘기도 있고….."

담임선생님의 말에 미술 선생님은 그 특유의 자상한 얼굴로 웃으며 대답했다.

"그 나이 때는 다들 정서적으로 힘들죠."

"맨정신에 버티기 힘든가 봐요. 할머니가 자살하려던 걸 봤으니……. 미술 쌤이 잘 좀 돌봐줘요."

"네. 걱정하지 마셔요."

그는 그녀에게 그랬던 것처럼 부드럽고 자상한 얼굴로 담임선생님에게 웃어 보였다. 그녀는 그 모습이 역겨웠다. 믿었던 만큼 배신감이 컸기 때문일까. 그녀는 그날 이후로 누구에게도 자신의 비밀을 털어놓지 않기로 결심했다.

"그 뒤로 사람들 앞에서는 동물이 보여도 안 보이는 척했어요. 그 편이 더 좋더라고요."

대신 그녀는 사람이 없는 공간을 찾기 시작했다. 다행히도, 제주에는 사람이 없는 공간이 많았기 때문에 그녀는 산과 바다로 향했고, 그곳에서 유일한 안식처인 동물들을 만났다. 적어도 그들은 그녀에게 아무런 편견도 없었고 위선도 없었다.

*

할머니가 실종된 것은 그로부터 일 년 뒤였다.

그녀는 그날도 어김없이 아무도 없는 공터에 앉아 아무에게도 보이지 않는 강아지와 놀고 있었는데, 할머니가 저 멀리서 그녀를 향해 걸어왔다. 그녀는 멋쩍게 할머니를 봤고 할머니도 말없이 그녀를 쳐다보았다. 다른 사람들에게 마음을 닫았던 시기여서 그랬을까 어느새 그녀와 할머니의 관계도 그때쯤엔 꽤 소원해져 있었다.

할머니는 천천히 그녀를 스쳐 지나갔다. 그녀는 자신이 혼자 노는 것처럼 비쳤을까 봐 부끄러웠지만 할머니는 개의치 않는 듯했다. 그 순간, 그녀는 어렸을 때처럼 묘한 기시감이 들었다. 할머니의 눈빛이 어딘가 이상했다.

"어디가 할머니?"

할머니는 웃으며 안개 오름의 입구를 가리켰다.

"누굴 좀 만나러 간다."

저곳에서 누굴 만난다는 것일까? 의아했지만 별다른 의심은 하지 않았다. 돌이켜보면 어렸을 때 바다에 빠진 기억 때문에 그런 것일지도 몰랐다. 그녀는 이제 더 이상 할머니를 위해 위험에 뛰어들 용기가 나지 않았다. 그녀가 망설이는 동안 할머니는 그녀를 뒤로한 채 안개오름으로 향했다.

그 모습이 마지막이었다. 부모님은 그녀에게 할머니를 마지막으로 어디서 보았는지 재차 물어보았지만, 그녀는 할머니가 향했던 안개 오름을 가리킬 뿐이었고, 신고받은 경찰들은 안개오름을 샅샅이 뒤졌지만 험준한 산속에서 할머니는 보이지 않았다. 친척들은 그녀에게 왜 할머니를 보고도 붙잡지 않았냐고 다그쳤지만, 그녀도 자신이 왜 할머니를 보고만 있었는지 알지 못했다.

만약에 할머니를 붙잡았더라면 할머니는 실종되지 않았을 텐데. 왜 보고만 있었을까?

그녀는 문득 할머니가 자신을 지나치며 강아지에게 건넨 말을 떠올렸다.

"예쁘네."

그녀에게 한 말일 수도 있었지만, 강아지에게 한 말일지도 몰랐다. 그녀는 곧, 그제야 자기 눈에서 눈물이 북받쳐 오르는 것을 깨달았다.

"어쩌면 할머니도 귀신을 보면서 사셨는지도 몰라요. 그렇게 생각하자 그때 붙잡지 못한 게 서러워지더라고요."

여기까지 얘기했을 때, 나는 그녀의 뒷모습밖에 볼 수 없었지만 묘하게 떨리는 감정을 느낄 수 있었다. 아마 오랜 시간 아무에게도 얘기하지 않았을 내밀한 감정의 목소리였다. 그녀의 뒷모습 너머로 빗방울들이 바닥에 뚝뚝 떨어졌다.

"혹시… 할머니 때문에 여기 올랐던 거예요?"

나는 그녀에게 조심스럽게 물어보았다.

"언젠가 사람의 영혼도 볼 수 있지 않을까요? 그러면 혹시나 할머니도 보일지도 모르니까……."

나는 그제야 왜 그녀가 '귀신'이란 단어를 자주 썼는지 조금은 짐작할 수 있었다. 그녀는 동물이 아닌 사람의 영혼을 보고 싶었던 것이다. 나는 그녀의 뒷모습만 보았지만 그녀가 조용히 울고 있는 걸 느낄 수 있었다. 나는 그녀를 말없이 안아주었다.

4. 햇살

얼마나 시간이 흘렀을까. 서로 마주 안았던 몸이 떨어지자, 어색한 침묵이 흘렀다. 만약 누군가가 또 한 번 나에게 그때만큼도 이성적인 감정이 안 들었냐고 물어본다면 이번엔 부정하지 못할 것 같다.

그녀가 이성적으로 느껴졌다. 그러나 당시의 나로서는 더 이상 어찌해야 할 바를 몰랐고 멋쩍게 동굴 밖을 바라볼 뿐이었다. 소나기가 어느덧 지나가고 있었다. 햇살이 동굴을 비추자, 그녀는 밖으로 나가 주변을 둘러보며 말했다.

"이제 곧 어두워질 거예요. 내려가요."

정신을 차린 나는 시간을 계산해 보았다. 오후 네 시였기 때문에 해 지는 시간을 계산한다면 지금 내려가는 것이 옳았다. 그러나 그때, 내 안에서는 무언가 작지만 강한 감정이 꿈틀대고 있었다. 이대로 내려가기엔 뭔가 아쉬웠다.

과연 다음에 이곳을 다시 올라올 수 있을까? 아니, 그것보다 다시 그녀와 함께 이곳에 오를 수 있을까? 문득 기회는 지금뿐이라는 생각이 들었다.

"좀 더 올라가 볼까요? 위쪽에서 나타날 수도 있잖아요?"

내가 조심스럽게 위로 올라가는 것을 제안하자 그녀의 초록색 눈동자가 말없이 나를 바라보았다. 그녀는 그때 무슨 생각을 했을까? 내 이야기를 믿었을까? 아니면 내 마음의 좀 더 복잡한 무언가를 읽었을까? 알 수 없으나 그녀는 말없이 고개를 끄덕였다.

*

　우리는 정상으로 향했고 올라갈수록 주변의 풍경은 점점 바뀌고 있었다. 어느새 주변엔 동물들이 보이지 않았고 나무들도 현저히 줄어들었다. 울창한 나무들 대신에 키 작은 나무들이 그곳을 메우고 있었다. 나는 정신을 바짝 차리고 앞에 있는 그녀를 따라갔다. 안개가 시야를 완전히 가릴 정도로 짙어졌기 때문에 그녀는 속도를 점점 낮추기 시작했다. 우리는 서로 최소한의 거리만 유지한 채 조용히 안개 속을 걸었다. 세상에 우리 둘밖에 없는 기분이었다.

　"안 힘들어요?"

　"괜찮아요."

　나는 조금씩 육체적 고통이 찾아오는 것을 느꼈다. 다리만 아픈 게 아니라 어깨와 허리도 아팠고 이윽고 온몸이 쑤시기 시작했다.

　"고마워요. 날 믿어줘서."

　그녀는 뜸을 들이다가 조용히 말했다. 그러나 아무도 없는 그곳에서 그녀의 목소리는 내 귓가에 또렷이 들렸다.

　"저는 혜빈 씨 말 믿어요."

　"사람들은 왜 내 말을 안 믿을까요?"

　"다른 사람들은 신경 쓰지 말아요. 내가 믿잖아요."

　나의 말에 그녀는 말없이 고개를 끄덕였다. 나의 진심이 통했던 것일까? 알 수 없으나 우리는 더 이상 말을 하지 않으며 묵묵히 산을 올랐다. 육체적 고통이 점점 심해지고 동굴에서 있었던 일들이 아득히 멀게 느껴질 때쯤 그녀가 갑자기 걸음을 멈췄다.

검은 사슴

바로 몇 미터 앞에 큰 낭떠러지가 있었다. 하마터면 굴러 떨어졌을지도 모른다는 생각에 가슴을 쓸어내렸다. 하지만 그보다 더욱 나를 놀라게 한 것은 낭떠러지 너머로 희미하게 보이는 한라산이었다.

안개 너머로 거대하게 보이는 한라산은 지금 생각해도 정말 장관이었다.

그때, 그녀가 허공에 손을 올리고 휘젓기 시작했다.

"뭐가 보여요?"

"물고기가 보여요."

그녀는 마치 잡히지 않는 무언가를 잡으려는 듯이 계속해서 허공을 손으로 휘저었다.

나도 그녀를 따라 손으로 허공을 휘저어 보았다.

"옛날엔 이곳도 바다였다는 거 알아요?"

그녀의 말에 나는 고개를 끄덕이며 비록 오래전이었지만 바다를 유영하며 헤엄쳤을 물고기들을 상상해 보았다. 물고기들은 아주 오래전부터 이곳을 헤엄쳤을 것이다. 그렇게 나와 그녀는 한동안 보이지 않는 물고기들을 생각하며 안개를 휘저었고 신기하게도 곧바로 물방울들이 우리를 감싸기 시작했다. 정말로 마법 같은 순간이었다. 시간이 지나고 생각해보니 그때 마침 우연히 비가 다시 내린 거였지만 우리는 마치 바닷속을 헤엄치듯 한동안 비를 맞으며 손을 휘이 내젓기를 반복했다. 멀리서 누군가 우리를 본다면 마치 안개 속을 유영하는 물고기들 같았을 것이다.

*

얼마나 시간이 흘렀을까. 우리의 물고기 놀이가 끝날 때쯤, 비가 그치는가 싶더니 갑자기 거센 바람이 불어오기 시작했다. 몸을 가누지 못한 그녀는 나의 어깨에 기대었다. 나도 그녀가 넘어지지 않도록 어깨를 감쌌다. 반대로 우리를 감싸고 있던 안개는 빠르게 흐트러지기 시작했고 저 멀리 흐릿하게만 보이던 한라산의 형체가 또렷하게 보였다.

나는 웅장한 한라산의 형체를 멍하게 바라보다가, 반대편, 그러니까 바다 쪽을 보곤 깜짝 놀라고 말았다. 거대한 먹구름이 마치 우리를 집어삼키려는 듯 빠른 속도로 다가오고 있었기 때문이다. 아름다운 풍경은 순식간에 거대한 공포로 돌변했다. 비바람이 거세게 몰아치기 시작했다. 나는 순간적으로 날씨를 마음대로 조종했다는 구렁이를 떠올리며 뭔가 잘못되었음을 느꼈다.

곧 엄청난 비바람이 우리를 덮쳤다. 마치 파도가 출렁이듯이 저 멀리서부터 나무들이 흔들리기 시작했고, 나와 그녀도 날아갈 것만 같은 강한 바람이었다. 우리는 두 손을 꼭 잡았다. 서로 날아가지 않으려고 붙잡았지만 이대로 있다간 둘 다 벼랑으로 굴러 떨어질 게 분명했다.

지체할 시간이 없었다. 나는 밑으로 돌아가자고 했지만, 그녀의 시선은 아랑곳하지 않고 위를 향했다.

"동물들이 저곳으로 향하고 있어요. 저기에 뭔가가 있는 게 분명해요."

나는 일말의 작은 희망을 품은 채 그녀가 가리키는 방향을 보았지만, 아! 내 눈에는 아무것도 보이지 않았다. 그녀는 혼령을 얘기하고 있었던 것이다. 혼령이라니. 지금까지 내내 그녀의 말을 들어줬지만, 이 급박한 순간에 그 얘기가 나올 줄이야.

위험한 순간에 나의 상상력은 빠르게 닫혔고 이성적인 마음이 꿈틀거렸다. 어서 이 산에서 내려가야만 했다. 나는 그녀를 강하게 잡아끌었지만, 그녀는 말을 듣지 않고 앞으로 나아가려고 몸부림쳤다.

"정신 차려요!"

나는 그녀를 강하게 잡아끌었고 그녀의 얼굴을 한층 더 가깝게 볼 수 있었다. 그녀의 초록색 눈동자에 내 얼굴이 비쳤다. 그때의 내 표정이란! 평소에 보던 내 얼굴이 아니었다. 일그러진 나의 모습은 추악했다. 아마도 그녀는 살아오면서 많은 사람에게서 그런 표정을 보았을 것이다. 그것은 상대방을 믿지 않고 자신이 옳다고만 여기는 추악한 인간의 표정이었다.

"…… 내 말이 안 믿기죠?"

아니. 믿는다. 지금까지 그녀의 말을 들으며 상상해왔지 않은가. 바닷가 카페에서 즐겁게 나누던 대화는 무엇이고, 동굴에서 있었던 일은 무엇이었으며, 안개 속의 물고기들을 바라봤던 풍경은 무엇이란 말인가? 그러나 나는 쉽사리 믿는다는 말이 나오지 않았다. 지금 그 말을 꺼내면 끝없는 나락 같은 위험으로 빠질 것만 같았다.

나는 어떤 말을 꺼낼지 망설인 채, 그녀를 처음 봤을 때부터 나를 사로잡았던 그 거대한 초록색 눈동자를 바라봤다. 그 눈동자에는 일그러진 내 모습이 보였다. 내 모습은 조금씩 거멓게 변하더니 한 마리의 동물처럼 변해갔다. 곰 같기도 하고 늑대 같기도 했다. 마침내 그것은 거대한 사슴이 되어갔고, 그 사슴은 언덕 뒤편으로 빠르게 도약했다. 나는 정신을 차리고 언덕 쪽을 바라봤다.

검은 사슴이었다. 검은 사슴이 언덕 위에서 우리 둘을 쳐다보더니 빠른 속도로 정상을 향해 달려가고 있었다.

"검은 사슴이에요!"

내 말에 그녀도 뒤를 돌아보았지만, 중심을 헛디디는 바람에 뒤로 넘어지고 말았다. 나는 그녀를 업고 온 힘을 다해 검은 사슴을 쫓아가기 시작했다.

사슴은 껑충껑충 넓게 도약하며 저 멀리 정상을 향해 올라갔다. 나는 이미 체력이 다 떨어졌지만 검은 사슴을 향한 욕망이 내 신경을 마비시킨 것인지 아픔을 느끼지 못한 채 앞으로 달려가고 있었다. 검은 사슴은 멀어질 듯 멀어지지 않으며 그녀가 예전에 마주쳤을 때처럼 검은 자태를 뽐내며 앞으로 달려가고 있었다.

정상에 도착했을 때야 비로소 검은 사슴은 자취를 감추었고, 그곳에서 수백 그루의 군락을 이루고 있는 나무들이 우리를 맞이했다. 그 나무들은 키는 작았지만 굳게 뭉쳐서 숲의 생명들로부터 거센 비바람을 막아주고 있었다. 우리도 그 나무에 숨어서 비바람이 지나가기를 기다렸다.

"정말로 검은 사슴을 봤어요?"

그녀의 질문에 나는 가쁜 숨을 몰아쉬며 고개를 끄덕였다.

"아쉽게 놓쳤네요."

내가 웃으며 대답하자 그녀가 나를 힘껏 껴안았다. 얼마나 꽉 껴안

앉던지 나의 몸이 뒤로 휘청거릴 정도였다. 그녀의 꽉 잡은 손이 내 등을 감쌌다. 그것은 오랫동안 누군가에게 이해받고 싶었던 한 사람의 영혼이었다.

5. 검은 사슴

 비는 얼마 지나지 않아 그쳤다. 날씨는 언제 그랬냐는 듯이 맑아졌고, 안개가 걷히면서 나무 위에는 새들이 날아와 울었다. 나는 거대한 분화구를 바라봤다. 많은 오름들이 그렇듯 안개오름 정상에도 분화구가 있었다. 깊고 넓게 패인 지형은 분지를 이루어 작은 수풀이 빼곡히 자라있었다. 이곳이 안개오름의 정상이구나. 나는 그렇게 생각하며 주위를 둘러보았다.

 "아~!!!!"

 그녀가 분화구를 향해 크게 소리쳤다. 처음 들어본 그녀의 큰 목소리에 나는 깜짝 놀랐지만, 곧 그녀의 목소리가 메아리가 되어 돌아오자 빙긋 웃었다.

 "아~!!!!"

 따라서 내뱉은 나의 목소리도 메아리가 되어 돌아왔고 우리의 목소리들은 온 오름을 감쌌다.

 우리는 즐겁게 웃으며 서로를 바라보았다. 문득 나는 그녀의 얼굴을 보며 지금까지 겪었던 일련의 잊지 못할 사건들이 떠올랐다.

 "혜빈 씨 눈이요……. 그 초록색 눈에는 특별한 뭔가가 있어요."

 그녀는 멋쩍은 듯 눈을 비볐다.

 "아까 혜빈 씨 눈에 비친 내 모습이 보였거든요. 그때 잠깐 환영이 비쳤어요. 내 얼굴이 점점 거멓게 변하면서… 마치 내가 검은 사슴이 된 것 같았어요."

 그녀는 여전히 무슨 말인지 모르겠다는 듯 나를 바라봤다.

사실 나조차도 무슨 말을 하려는 건지 몰랐다. 이렇게 중요한 순간에 횡설수설이라니. 하지만 최대한 말을 가다듬고 하고 싶은 말을 정리해 보았다.

"검은 사슴이 무슨 얘기를 하는 것 같았다고 했었죠?"

그녀가 고개를 끄덕였다.

"혹시 검은 사슴이 할머니의 영혼이 아니었을까요? 혜빈 씨는 항상 할머니를 보러 이 위험한 곳에 왔잖아요. 당신이 걱정되어서 검은 사슴이 되어 나타난 거예요. 혜빈 씨가 나를 불러 이곳에 올 수 있도록, 할머니가 우리를 인도해 준 것 같아요."

그녀는 어안이 벙벙한 듯 나를 바라보았고, 나는 우리를 정상으로 이끌어준 검은 사슴을 떠올려 보았다. 확실하다. 검은 사슴은 분명히 우리를 정상으로 이끌어준 것이다.

그때 갑자기, 내 시야의 저 멀리 분화구에서 검은 형체가 보였다. 검은 사슴이었다.

검은 사슴이… 분화구를 뛰어다니고 있었다.

"봐요! 검은 사슴이에요…!!"

내가 겨우 목소리를 내었지만, 그녀는 아랑곳하지 않았다.

그녀는 이제는 아무래도 상관없다는 듯, 나를 보며 행복하게 웃을 뿐이었다.

(혀를 내밀며)
가나다라마바사

김주헌

제 7회 경기히든작가 소설 부문

(혀를 내밀며) 가나다라마바사

김주헌

현수는 항상 누군가에게 쉽게 묻곤 했다.

"이건 이렇게 하는 게 맞을까요?"
"혹시 이 방향성으로 진행해도 괜찮을까요?"

반복된 질문들은 업무의 불안정성에서 벗어나기 위해 견딜만한 "수치"였다. 현수는 그러면서도 '혹시나 건방져 보이지 않을까?' 싶어 모든 말의 끝에 의문문을 붙이는 것이 버릇이 되었다.

한 번의 면접을 통해 입사한 30명 정도 되는 조그마한 회사에서도, 나름의 규율과 체계가 존재했다. 신입사원들은 출근 시간 20분 전 도착, 탕비실 정리(커피 찌꺼기, 과자 채워놓기), 흡연 시 꽁초 가지런히 박아놓기 등등. 회사 규율서에 쓰여있지는 않지만, 서로가 무언의 약속이라도 한 듯 지켜야만 하는 것들이 존재했다. 그리고 이미 생긴 약속을 바꾸기란 쉽지 않다는 것을 현수는 알고 있었기에 별다른 불만 없이 그것을 행했다.

그리고 무엇보다 그는 자신의 회사가 괜찮은 회사라고 믿고 있었다. 같은 중소기업계 대비 적지 않은 초봉, 통신비 5만 원과 헬스비 5만 원, 야근 식대 같은 것들이 그것을 대변했다. 포괄 임금제라는 법은 일을 더 해도 수당을 주지 않는 신기한 법이었지만, 현수는 이쪽 업계에서는 어쩔 수 없이 감수해야 하는 사항이라고 생각했다. 분명히 현수는 "이곳은 좋은 곳이다"라고 믿고 있었다. 다만 그의 생각에 모두가 동의하지는 않은 듯했다. 과거 인턴쉽 마케팅 용어발표를 앞두고 동기 한 명이 퇴사 의사를 밝혔다. 그 소식을 들은 또 다른 동기는 담배를 피우며 현수에게 말했다.

"이만한 회사 없어, 밖에 나가봐."

마치 살아남은 동기는 떠나는 동기를 보며 "나약함"을 말하고 싶어 하는 듯했다. 현수는 은근히 회사 사람들이 떠나는 동기에게 냉대해진 것을 느꼈고, 그것에 기시감을 느끼고 있었던 터라 동기의 "나약함"에 동의하기로 했다. 9명의 동기 중 인턴 생활에서 2명이 나갔고 현수는 "나약함"과 멀어지기 위해 수많은 과제가 있었던 인턴 3개월을 버텼다. 그리고 결국 자신만의 명함을 얻을 수 있었다.

"㈜ A 에이전시 김현수"

(혀를 내밀며) 가나다라마바사

41

손바닥 한 뼘보다 작은 명함에서 소속감이 느껴지는 것은 미묘한 경험이었다. 그 아무도 모를 회사 이름 두 글자와 이름 석 자가 적혀 있을 뿐인데도 그 무게감이 상당했다. 명함 코팅 특유의 빳빳함, 왁스 칠한 듯한 미끈거림, 그리고 억센 종이의 고소한 나무 냄새는 현수에게 "나도 이제는 사회의 구성원이다"라는 생각을 각인시켰다. 그럴 때마다 인턴기간 동안 자기소개, 용어발표, 리포트 분석을 위해 밤을 새우던 시간이 머릿속을 스쳐 지나갔다. 현수는 어쩌면 "나도 살아남았구나"라는 생각과 동시에 "나는 나약하지 않아"라고 말했을 수도 있다.

그렇게 현수는, 명함을 얻고 정규직이 된 후 진짜 "일"을 해야만 했다. 반복적인 업무들 속에서 성취감을 찾아야 했고, 늦춰지는 퇴근 시간 속에서 자신의 가치를 입증해야 했다.

"취업했구나, 축하한다."

이 정도의 말들이 자신에게 적당하다고 생각했다. 너무 치켜세움을 받기에는 회사의 규모가 작았고, 너무 폄하 받기에는 그는 빠르게 자기 앞길을 찾아가는 젊은 청년이었다.

"내일도 오후 출근하니?"

그런 적당한 말들보다, 엄마의 걱정이 먼저 현수의 귀를 덮었다.

오후 출근의 여부를 물어보는 것은 현수의 퇴근 시간이 자정을 넘었다는 것이고, 다음날도 아마 같은 시각에 퇴근하게 될 것이기에 회사에서 해주는 최소한의 "배려"였다. 엄마의 질문들은 현수의 마음을 툭 치고 가곤 했다. 가족들은 현수를 보며 한 번도 들어보지 못한 중소기업 직장에 대한 의심, 잦은 야근에 대한 안타까움, 그리고 빠르게 취업한 자식의 기특함 사이 감정들에서 우물쭈물하는 듯했다.

현수가 늦게 현관문을 열 때마다 엄마는 어두운 거실 시계를 쳐다보며 놀라곤 했다. 가끔 외부에서 수주를 따와야 하는 PT 준비를 할 때는, 아침 7시에 첫차를 타고 퇴근하는 때도 있었다. 그때마다 퇴근하는 아침 햇살은 출근 때와 달리 "포근"하게 다가왔다. 새벽의 밀려오는 졸음의 무게를 견디고, 담배의 철 냄새와 탄내를 입안에 가득 품고, 그는 떠오르는 해를 보면 항상 말했다.

"상쾌하다"

같이 밤을 새운 동기는 옆에서 말했다.

"미친놈"

그리고 말을 덧붙였다.

"고라니가 차에 치이면, 막 엄청 신난 듯이 버둥거려, 네가 그거랑 지금 비슷한 상태야 너."

그런데도 그는 아침 햇빛을 즐겼다. 차가운 새벽 햇빛들은 언제나
상쾌했다. 심장 소리가 쿵쾅거렸던 불면의 밤에도, 대학교 시험공부
를 위해 밤을 새웠던 도서관에서도 푸르른 아침 햇살은 항상 기운을
북돋아 줬다. 그리고 이른 아침에 퇴근할 때면 버스 창가에 기대 잠
을 청하며 출근하는 사람들이 눈에 들어왔다. 현수는 그들에게서 약
간의 이질감을 느꼈고 혼자 중얼거렸다.

"다들 정말 바쁘게 사는구나."

그렇게 200장 남짓한 명함들이 서랍에서 조금씩 줄어갈 때쯤, 현
수는 어느새 1년 차를 넘기고 있었다. 시간은 길지만 빠르게 지나갔
다. 정신을 차려보면 목요일 퇴근길이었고 이번 주도, 이번 달도 그
렇게 물 흘러가듯 자연스레 흘러갔다.

자세히 생각해보면 1년간 현수는 체하는 날이 많았다. 잠을 자도
뒷 목덜미가 뻐근했고 항상 알람이 울리기 전 일어나는 경우가 많았
다. 바쁜 시즌에는 볼살이 빠진 게 티나 났고, 심장이 쿵쾅거려 잠
을 잘 이룰 수가 없는 현상이 반복되었다.

"세상에 안 힘든 일들이 어딨어."

몰래 개인영업을 뛰다 사장에게 걸려 헬스 트레이너 직업을 잃은 친구가 말했다. 그 옆에 태양광 패널 공장에 다니는 친구는 아랑곳하지 않고 말을 이어갔다. 뜨거운 열을 받아들이는 물질을 조립하는 친구는 어딘가 몸이 이상해진다고 했다.

"3교대를 하다 보면, 초반에만 힘들지, 몸이 적응해. 근데 말이야, 나중에 가면 뭔가 이상해."
"뭐가?"
"갑자기 송곳니가 흔들린다거나, 머리카락이 좀 빠지는 거 같다거나 그런 것들. 겉으로 보기에는 멀쩡한데 뭔가 몸이 흔들리고 있어."

현수는 달리는 기차가 계속 덜컹거려 조금씩 나사가 풀리는 것으로 비유할까 했지만 그만두었다.

"어딘가 티는 안 나는데, 뭔가 몸이 계속 신호를 보내. '나 힘들어요' 하고"

그 이후 회사에서 야근 배달 쓰레기를 치울 때마다, 그 친구가 생각이 났다. 형형색색 음식에 물들어진 플라스틱들을 보며 마치 태양광 패널 같다고 생각했다. 김치찌개를 먹은 뚜껑에는 한낮의 태양이, 계란찜을 먹은 플라스틱에는 밤의 노란색 달이 비쳤다. 그렇게 회사 구석에는 다양한 빛을 담고 있는 플라스틱들이 항상 겹겹이 쌓여있었다.

#

"1팀이 고생 많았어, 인센티브도 나갈 거야"

대표는 모두 다 알고 있다는 듯이 말했다. 그가 정말로 수많은 새벽 퇴근과 "죄송합니다"를 몇십 번 연달아서 해야 했던 신입의 사정을 알고 있는지 의문이 들었다. 하지만 빈말이라도 매번 높은 사람에게 인정받는 것은 기분 좋은 일이었다. 연봉협상 테이블에 처음 앉아본 현수는 대표의 칭찬에 낯부끄럽다는 듯이 볼펜을 만지작거렸다. 현수의 앞에 놓인 종이에는 8% 인상된 연봉이 적혀있었다. 금년도 현수네 팀이 가장 많은 수주를 따왔고, 가장 많은 수수료를 받아온 것이 연봉 상승의 주된 이유라고 생각했다. 그렇게 현수는 연봉계약서 맨 끝줄에 있는 서명란에 사인을 하고 나왔다. 대표의 지난 고생의 위로를 시작으로 연봉계약서에 사인을 하기까지 5분도 채 걸리지 않았다. 들어가자마자 회의실을 나온 그를 보며 다른 팀 동기들은 웃으며 "협상한 거 맞아?"라고 그에게 조용히 속삭였다. 사실상 "협상"이라기에는 그 단어의 무게에 미안할 정도였다. 그 누구도 발언권 없이 사인만 하고 나와야 했기에 다들 우스갯소리로 "연봉 늑약"이라고 불렀다.

분명 인터넷상에 떠도는 "대기업 평균 연봉"에는 한참 못 미치는 돈이었지만, 그래도 현수는 작년보다 높아질 연봉에 자부심을 느꼈다. 1년 차 현수의 연봉은 높아졌다는 것은 지속적으로 성장이 가능하다는 것을 뜻했다. 내후년에는 아마 "대리"를 달 것이고 연봉은 더욱 상승할 것이다. 그에게 "상황은 나아질 것이다"라는 기대는 큰 힘이 됐다.

"저희도 내일이면 후임 들어옵니다"

현수는 회사 야외계단에서 담배에 불을 붙이며 말했다. 그날은 신규 캠페인과 관련해 해외 업체와 협의해야 할 것이 있기에 현수는 회사에 남아있어야 했다. 밖은 어두웠고 도로에 빽빽하게 쌓인 퇴근길 차들만이 거리를 빛내고 있었다.

"후임 한번 받아봐라, 더 힘들 거다 아마"

다른 팀 선임이었던 수철은 전자담배 전원을 켜며 말했다. 수철은 3년 차 대리로 다른 팀이었지만, 회사에서 매우 가까운 사람 중 한 명이었다. 현수가 일을 진행하며 다른 팀 레퍼런스가 필요했을 때도, 클라이언트가 특이한 벤치마크를 원할 때도 수철은 항상 두 팔 걷고 현수를 도와줬다. 현수가 질문을 할 때면 수철은 마치 "나는 모든 것을 다 알아"라는 태도로 챙겨줬다. 캠페인 히스토리부터 성공시키기 위한 인사이트까지 알려주는, 그런 선임이었다. 그에게 있어 "과거"란 성취감을 주는 존재인 듯 보였다. 그도 그럴 것이 수철은 1년 차에 높은 실적을 쌓아 2년 차 중반에 대리를 달았고, 회사 안에서도 능력만큼은 인정받는 사람이었다. 현수는 자신에게 일을 던지고 퇴근한 선임을 떠올렸다. 그리고 그를 보며 왜 항상 "다른 팀 선임은 능력 있고 착해 보일까"라는 의문을 떠올렸다.

"와서 사고만 안 쳤으면 좋겠어요"

담배를 한 모금 빨며 현수는 말했다. 거만한 말이었지만 그 정도 사치는 괜찮다고 생각했다. 늦가을 차가워진 공기와 함께 폐 속에 들어온 따뜻한 담배 연기가 공중에 흩어지며 날아갔다. 말은 관심 없는 척해도 현수는 내심 들떠있었다. 회사에 새로운 신입이 들어온다는 것은 흥분되는 일이었다. 1년 정도 업무를 하다 보면 전체적인 업무 틀이 보인다. 내일은 어떤 일, 다음 주는 어떤 일, 다음 달은 어떤 일. 퇴근길 똑같은 지하철과 버스, 현관문을 열며 몸을 침대에 뉠 때면, "내일이 벌써 목요일이네" 따위의 말을 할 수밖에 없었다. 그런 와중에 새로운 신입사원들이 들어온다는 것은 재미있는 이슈였다. 새로운 만남에 대한 기대감, 그에 따른 변화에 대한 막연한 불안감 같은 상반된 감정을 동시에 느낄 수 있었다. 하지만 확실한 것은, 자기 일이 끝났음에도 회사에 남아 현수의 캠페인 세팅을 도와주는 수철처럼, 현수는 신입사원들에게 잘해줄 수 있을 것만 같았다.

대표는 신입사원들을 한 줄로 세우고 짧게 인사를 시켰다. 화장실

하나, 엘리베이터 하나가 있는 조그마한 회사에 8명의 신입을 일렬로 세우니 회사가 가득 차 보였다. 마지막 신입은 다리를 조금은 비뚤게 해야 한 줄에 합류할 수 있었다. 후임들은 모두 크게 자신의 이름을 외치며 "잘 부탁드립니다" 따위의 인사말을 했다. 그들 나름대로 자신의 기세를 보여주려 애쓰고 있었다. 현수는 이제 막 신입에서 벗어났기에 그들을 멀리서 지켜보는 수준으로 그들을 환대했다. 현수의 동기들 또한 신입사원들을 본체만체했지만, 실은 그들에게서 눈을 떼지 않고 있었다. "쟤는 똘똘해 보이네", "저놈은 너무 고집이 세 보여" 같은 밖으로 꺼내지 못하는 평가를 마음속으로 하고 있을 것이 분명했다.

신입사원들은 인사를 끝낸 뒤, 한 줄로 팀을 돌며 회사 사람들의 명함을 받았다. 모든 팀을 다 돌았을 때, 신입사원들의 손에는 서른 장 넘는 명함이 들려 있었다.

"김기우입니다. 잘 부탁드립니다."

현수의 팀에는 3명의 인턴이 임시 배정되었다. 그중 현수는 기우를 담당했다. 기우는 검은색 옷을 좋아하는 빼빼 마른 더벅머리 남자였다. 눈이 매우 나쁜지 두꺼운 안경알로 인해 눈이 매우 작아 보였다. 볼살이 없어 얼굴이 길어 보였으며 볼 중간에는 광대뼈가 산중턱 뜬금없이 튀어나온 못자리처럼 도드라져 있었다. 기우는 얼핏 봐도 아직 학생티를 못 벗은 사회 초년생이었는데, 그는 말끝을 흐리는 독특한 버릇을 가지고 있었다. 질문사항이 있다면 무엇인가 죄송하다는 얼굴로 "아.. 그.." 같은 접두사를 붙이며 현수에게 질문해 왔다.

"이렇게 진행해도 맞는 건지 잘..."
"그 기억이 잘 안 나서…"

충분히 나쁜 버릇이었지만 신입이기에 가질 수 있는 특권들이었다. 그는 서툴렀지만 노력했고, 급했지만 열정이 있었다. 현수는 그를 보며 과거의 자신을 보았다. 그 정도 실수, 이만큼의 한탄. 뒤돌아보니 별거 아니었던 날들이 기우를 보면 떠올랐다. 사실 기우가 자책했던 실수들은 현수의 선에서 충분히 수습이 가능한 일들이었고 현수는 그런 기우를 충분히 존중했다. 현수가 기우를 보며 초심을 되찾자고 생각했을 정도니까.

하지만 기우는 연차에 비해 책임감이 강한 성격이었고, 그 성격을 책임지기에는 아직 실력이 너무 미숙했다. 그 때문인지, 가끔 툭툭 튀어나오던 발끈하는 성격은 그의 유일한 단점이었다. 인턴 과제를 위해 선배들에게 조언을 구할 때도, 거래처와 메일을 주고받을 때도 그의 급한 책임감은 의도치 않은 듯한 과격한 성격으로 변질되어 나타났다.

그 결과, 사내에서 이따금 들리는 그의 성격에 대한 안 좋은 후기는 현수를 조금은 슬프게 했다.

"기우 걔 좀 튀는 거 같던데, 요새 어때?"

여기저기서 기우를 떠보는 말들이 들려왔다. 남을 평가하는 건 시간을 제일 빨리 죽이는 방법인 것처럼.

"좀 급한데, 열심히는 해요."

현수는 그럴 때마다 기우가 "좋은 후임"으로 보이게 하려고 노력했다. "회사 스트레스 때문에 살이 엄청나게 쪘어." "선배라고 해 봤자 1년 차이면서 지랄은"-같은 되지도 않는 불평불만만 쏟아내는 요즘 신입사원들보다 차라리 기우같이 서투르지만 열정 있는 신입이 더 낫다고 생각했기 때문이다.

"걔는 아직 더 배워야겠더라. 고집이 너무 세."

하지만 수철 역시 기우를 그다지 마음에 들지 않아 하는 듯했다. 그렇게 말하는 수철의 표정은 마치 재미있는 걸 발견한 아이 같았다. 수철은 남을 평가하는 것을 좋아했고, 사람과 사람 사이의 선이 확실한 사람이었다. 문제는 그 선이, 자신의 반대편에 그어질 때 나타났다.

이는 업무 스타일에서도 나타났다. 새로운 신입사원들에게 전혀 일을 가르치지 않고 제로 베이스에서 나온 결과물을 토대로 자신이 비판하는 것을 좋아했다. 그런 과정을 통해 신입사원들이 더욱 많이 배울 수 있다고 수철은 자랑스럽게 말하곤 했다. 그는 페이퍼보다는 대화로 일하는 것을 우선시했고 회의보다는 회식하며 업무를 풀어나가는 것을 좋아했다. 이런 수철과 정반대의 스타일을 뽑아보자면, 그것은 바로 기우였다. 기우는 아직 신입이었지만, 그의 업무처리를 보았을 때 그는 분명 수철과 양극에 있는 사람이었다. 인턴임에도 매 순간에도 녹음하여 꼼꼼함을 더하려 했고, 거래처와 점심을 먹으며 계약 상황을 업데이트하기보다는, 회사 전사가 참조된 메일을 통해 모두에게 검증받기를 원했다. 지나치게 꼼꼼한 기우의 모습이 수철에게는 답답하게 느껴졌을 것이라고 현수는 생각했다.

"기우 씨"

기우는 자리에 앉아 내 쪽으로 의자를 돌렸다.

'너무 열심히 하지 마, 그러면 주변 사람들 눈에 밟혀. 받은 만큼만 일해'

이 말을 하려다 현수는 입에 문장이 턱 걸리는 느낌을 받았다. 고작 1년 차 선배가, 모든 것을 다 통달한 듯이 조언하는 것은 자신이 생각해도 건방져 보였다. 그래서 그냥 말을 이었다.

"잘합시다. 우리"

할 말을 잃어버린 현수의 입에서 엉뚱한 말이 나왔다. 의도와는 다르지만, 뜻은 통하면 좋겠다고 생각했다.

"네, 그래야죠"

현수의 부름에 노트와 펜을 챙겨 온 기우가 두 손을 내려놓으며 말했다. 기우는 마치 날카로운 삼각형이 언덕 맨 꼭대기에서 퉁퉁 튕기며 내려오는 모습과 닮아 있었다. 그냥 자신의 날카로운 부분을 깎아 동그랗게 내려오면 편할 텐데. 현수는 기우가 언젠가는 동그라미가 될 것이라 믿고 있었다. 그래야만 반복되는 오후 출근과 퇴근 아침 햇살을 견딜 수 있으니까.

신입사원들의 인턴 계약 기간 3개월이 지났고, 회사 사람들은 모두 각자의 사견을 붙이며 인턴들을 평가하기 시작했다. 그것들은 모두 입 밖으로 표현되지는 않았지만, 몇몇 회식을 진행하며 모두가 취해있을 때 말로 새어 나오는 정도의 평가였다.

"그 새끼 우리 팀 오면.
...
어떻게 되는지 한번 봐라. 너희"

(혀를 내밀며) 가나다라마바사

수철은 술에 취해 혀가 잘 안 굴려지는 듯 말과 말 사이에 공백이 존재했다. 그 공백에는 알코올의 냄새가 강하게 풍겼다. 이처럼 수철의 입에서는 몇 인턴들을 극단적으로 평가하는 말이 노골적으로 들려왔다. 마치 신입사원들에게 들려도 상관없다는 듯이 말하는 그의 말투에서 배포가 느껴질 정도였다. 수철은 항상 자기 능력 중 "길들이기"를 가장 자랑스러워했다. "길들이기"란 후임이 자기 말에 반박하거나 이의를 제기하면, 일감을 몰아주거나 자신의 위치에서 책임질 수 없는 일거리를 준 뒤, 망연자실하게 만들어 신념과 자신감을 꺾어버리는 것이다. 수철은 한 사람의 실패와 고난을 보며 자신의 힘을 드러내기를 좋아하는 사람이었다. 이러한 수철의 신념으로 인해 몇몇 후임들은 "길들이기"를 참지 못하고 퇴사를 감행하기도 했다. 수철의 후임이자 현수와 동기인 수지 또한 마찬가지였다. 수지는 "길들이기"에 지쳐 퇴사를 결정했고 그 사실은 회사 사람들 모두가 알고 있는 비밀이었다. 현수는 그 시기가 기우의 인턴 생활이 끝나고 정규직이 되는 타이밍과 겹친다는 것은 매우 짓궂다고 생각했다. 기우는 현수의 팀에서 인턴 생활을 끝내고 수철의 후임이 되었다. 아마도 수철이 기우를 원한다고 이사와 대표에게 직접 말했을 것이다. 기우의 고집 센 성격은 마치 자석에 철가루가 이끌리듯 수철의 신념에 자연스레 이끌리게 만들었을 테니까. 현수는 기우가 정규직이 되며 수철의 옆자리로 옮기는 그날을 회상했다.

#

"선배님 혹시 죄송한데 이 CS 파일 구할 수 있을까요?"

기우는 나에게 찾아와 질문을 하곤 했다. 여전히 인턴 때와 비슷하게 "죄송합니다"라는 말을 붙이며 부탁해왔다. 그럴 때마다 현수는 기우를 쳐다봤고, 그의 점점 더 얼굴이 길어져 보인다고 생각했다. 아무래도 살이 빠진 여파로 보였다. 현수는 시간이 지날수록 어느새 자신이 기우에게 찡그린 표정을 하고 있다는 것을 깨달았다.

"기우 씨가 팀에서 알아서 처리해야죠, 언제까지 부탁하실 거예요"

기우가 정규직이 된 후 가장 많이 들었던 말이었다. 이제는 정규직이 된 너는 진짜 책임을 져야 한다는 일종의 경고 같은 문구들이었다. 기우는 인턴이 끝난 이후 진짜 "일"을 할 때 많은 핀잔을 들어야 했고, 그것은 기우를 "폐급 직원"으로까지 보이게 했다. 하지만 대다수가 기우의 업무가 부족한 탓이 아니라는 것을 알고 있었다. 기우는 고작 해봐야 반년도 안 지난 신입사원이었고 모든 일에 책임을 지기에는 너무나 부족했다. 수철이 인수인계 해줘야 하는 파일을 넘기지 않고 자리를 비우는 날이 많았고, 그 뒤처리는 기우가 해야만 했기에 다른 팀을 돌아다녀야만 하는 상황은 빈번하게 일어났다. 그렇기에 기우는 항상 밤늦게까지 남아있었다. 기우는 항상 무엇인가를 작성하고 있었는데, 그것은 수철이 대면적으로 진행된 사항들을 문서로 만들기 위한 작업으로 보였다. 기우는 가장 늦게 퇴근했지만 가장 먼저 출근해야만 하는 스케줄을 견디고 있었다. 현수는 퇴근 전, 어두워진 사무실에서 혼자 남아 일을 하는 기우를 바라봤다. 그렇지만 그에게 선뜻 발걸음을 옮길 수 없었다. '1년 차가 뭔 조언이야, 너나 먼저 챙겨'라는 얄미운 말들이 현수의 마음속에서 들려왔다. 그리고 자기 자신조차 놀랐던 마음속의 말, "너도 길들이기 당하고 싶어?"라는 그 말이 마음속에서 들려왔을 때, 현수는 그를 외면할 수밖에 없었다. 자신이 관여해도 상황은 나아지지 않을 것이라고 현수는 굳게 믿고 있었다. 수철의 "길들이기" 과정에서 오직 빠져나오기 위한 한 가지 방법은, 고집을 꺾고 "죄송합니다" 혹은 "주제넘었습니다"를 말이나 행동으로 표현하는 수밖에 없다. 그렇지 않다면 기우가 견디기 힘들 것이라는 것을 현수는 알고 있었다.

현수는 가끔 어두워진 화장실 거울 앞에서의 기우를 회상하곤 했다.

"(혀를 내밀고) 가나다라마바사"

현수는 화장실 세면대 거울 앞에서 혓바닥을 내밀고 같은 말을 반복하고 있었다. 입을 활짝 벌린 채 혓바닥을 내민 그의 모습은 지금도 뚜렷하게 떠올랐다. 긴 얼굴에 턱 끝을 향해 뻗은 샛분홍빛 혓바닥. 그럴 때마다 안 그래도 길어 보이던 얼굴이 더욱 길어 보였다.

"뭐 하는 거야?"

현수는 기우를 보며 물었다.

"나간 수지 선배님이 알려주셨어요. 너무 피곤할 때는 혀를 크게 내밀고 가나다라마바사 해보라고요. 만약 이게 잘 안되고 더듬거리면, 뇌출혈이 있는 거래요."

퇴사한 수지는 새벽까지 야근하며 심장마비와 뇌출혈을 걱정하는 사람이었다. 이러다가 죽을지도 모른다는 불안감을 한탄하며 농담 삼아 표현한 재치였다. 새벽까지 야근하고 그냥 들어가기는 아쉽다며 24시 호프집을 가야만 했을 때 특히 그랬다. 한 번은 동기 회식 자리에서 수지가 잔뜩 취해 눈이 풀린 채로 말한 적이 있다.

"나 자신한테 미안한 거 알아? 새벽 동안 일을 견디고 집에 들어가면, 눈이 엄청나게 충혈되어 있어."
"그런데도 다들 버티고 하는 거잖아. 그게 너무 미안하더라고. 남들은 버티는데 왜 너는 못 버티냐고 나 자신한테 말하는 게"

수지 또한 항상 화장실에서 가나다라마바사를 반복했을까. 그 행동을 상상하자 현수는 우스꽝스러워 보였기 때문에 피식 웃었고 기우 또한 웃었다. 그때만큼은 남아있는 일의 일에 대한 중압감과 집에 들어간다고 하더라도 몇 시간 못 자는 상황은 잊혔다. 기우와 현수는 죽음에 대한 막연한 걱정때문에 되려 아무 걱정없이 웃을 수 있었다. 돌이켜보면 그 당시 이미 기우는 자신의 미래를 보았을지도 모른다고 현수는 생각했다.

#

 기우는 그날따라 회사에 늦게 오는 듯했다. 오전에 클라이언트에게 리포트가 나가야 했기 때문에 회사는 지각에 더욱 민감했고, 기우 또한 그것을 알고 제일 일찍 출근하는 사람이었다. 현수는 기우의 헛된 책임감을 알기에 오전에 출근하지 않은 그가 더욱 의아했다. 수철은 오전에 기우의 일을 대신하는가 싶더니, 오후에는 자리에 가만히 앉아있지 못하고 회의실과 전화 통화 부스를 반복하며 부산스럽게 움직였다.

"너 뭐 형한테 잘못했어?"

 수철을 "형"이라고 부르는 동기가 담배를 피우며 현수에게 말했다.

"아니, 왜?"
"형이 네 이야기 하던데. 아까 잠깐 회의실 다녀왔거든."

동기는 뭔가 재미있는 일을 구경하는듯한 말투로 말했다. 동기의 말에는 분명 흥미가 도사리고 있었다. 그날 오후, 대표는 현수를 큰 회의실로 불렀다. 항상 "야" 혹은 "현수야"라고 반말로 불렀던 대표가 그날은 "현수 씨"라는 호칭을 사용했다. 회의실에는 마케팅 국장, 부장, 이사가 함께 앉아있었다. 회사의 몇 안 되는 "간부"라고 불리는 사람들은 회의실로 들어오는 현수를 쳐다보았다. 아마도 연봉협상 당시 현수의 능력과 수주액을 정량적으로 평가했을 사람들이었다. 그들은 모두 노트북을 책상 앞에 두고 무엇인가 옮겨 적을 준비를 하고 있었다.

"현수 씨, 점심은 먹었어요?"

대표는 노트북을 쳐다보며 현수에게 물었다. 시간은 오후 3시를 넘어가고 있었다. 최대한의 호칭과 최소한의 존중을 보이는 대표를 보았을 때, 어떤 문제가 터진 것이라고 현수는 확신했다. 머릿속으로 여러 가지 걱정들이 스쳐 지나갔다. 신규 소재 제작에 있어 디자인팀과의 커뮤니케이션 과정이 잘못되었을까? 정산 과정에 있어 암묵적으로 용인되는 요소들이 문제가 터진 것일까? 업무적으로 부정적인 내용이 나온다면 어떻게 대응해야 할지 그 짧은 시간에 현수는 머릿속을 최대한 굴렸다. 마치 이 회사에 들어오기 위해 면접을 볼 때처럼.

"기우 씨가 현수 씨에게 많이 의지했다고 하는 게 맞나요?"

(혀를 내밀며) 가나다라마바사

"네?"

이야기의 행방은 예측과 다르게 "기우"에 대한 내용이었다. 왠지 현수는 맥이 빠진 듯한 느낌을 받았다. 수철의 길들이기에 지친 기우가 간부들에게 무엇이라도 말했던 걸까. 그래서 수철, 기우 모두 가까워 보였던 나를 데리고 왔구나. 현수는 빠르게 상황을 판단했다.

"전날 기우 씨에게 어떤 업무 지시를 내렸는지 들어야 할 거 같아요"

하지만 예측과는 조금 다른 질문이 현수에게 다가왔다. 마케팅 국장이 현수를 뚫어져라 쳐다보고 있었다. 기우는 오늘 출근하지 않았고, 수철 또한 자리에 앉아있지 못하고 계속해서 회의실을 다녀왔다는 사실이 현수를 스쳐 지나갔다.

"기우 씨가 사고를 당했어요."
"중대한 일인 만큼 사실대로 말해주셨으면 합니다."

현수는 잠시 마른침을 삼켰다. 무엇인가 일이 벌어진 것이 틀림없었다.

#

"가드레일에 받아서 죽었대"

회사 사람들 말로는, 기우는 새벽 올림픽대로에서 가드레일을 받아 죽어버렸다고 했다. 기우가 걱정했던 심장마비나 뇌출혈은 아닌 듯했다. 기우는 분명 그날에도 새벽까지 일하고 있었다.

"선배님이 말씀하신 거래처 계약서 이번 주까지 받아야 할 것 같습니다."
"그럼, 내일 아침에 받아와"

기우의 말에 수철은 마치 당연한 업무를 시키는 듯이 툭 던지듯 말했다. 기우와 수철의 대화는 2팀 만의 대화였지만 좁은 회사 속에서 그들만의 대화란 존재하지 않았다. 대부분 언어는 알게 모르게 회사 내에서 공유되었다. 수철이 기우에게 무리한 업무를 지시하는 것 또한 회사 사람들은 다 인지하고 있었을 것이다. 기우가 거래처 계약서를 받기 위해서는 판교에 가야만 했고, 그날은 월말 리뷰가 겹쳐 있었기 때문에 새벽까지 야근이 잡혀있었다. 그 말은 곧, 새벽까지 밤을 새우고 판교에 다녀와야 한다는 말이었다.

"네 알겠습니다"

(혀를 내밀며) 가나다라마바사

61

기우는 몇 초 동안 침묵을 유지하더니 위와 같이 대답했다. 기우에게는 밤을 새웠더라도 오후 출근의 기회가 주어지지 않았고 그는 올림픽 도로에서 차갑게 죽어갔다. 기우가 타고 갔던 회사의 단 하나뿐인 법인 차량은 고쳐 쓸 수 없을 정도로 망가져 폐차해야 한다고 했다.

현수는 전날 자신을 떠올렸다. 수철은 그날 오후부터 자리를 비웠고, 현수는 기우에게 단호하게 말했다.

"아침에 받아오는 게 FM이야, 클라이언트들을 오후까지 기다리게 할 수는 없으니까"

재계약 조언을 구하러 온 기우에게 위와 같은 말을 남기고 현수는 퇴근했다. 여전히 회사에는 기우밖에 남아있지 않은 상태였고 시간은 밤 11시를 조금 넘은 시간이었다. 사실 현수는 알고 있었다. 첫 계약서가 아닌 연장 캠페인 계약서는 꼭 대면으로 받지 않아도 된다는 사실을. 하지만 수철은 기우에게 "종이"로 받아오기를 원했다. 그것은 기우의 업무 스타일과도 맞았기에 그는 순순히 동의할 수밖에 없었다. 그리고 교묘하게 전날에 새벽까지 일을 해야만 했던 상황은 아마도 "길들이기"의 한 과정이었을 것이다. 현수 또한 수철의 의도를 알고 있었고 모든 상황을 고려해 보았을 때, 그냥 "시키는 대로 하는 게 편할 거다"라고 기우에게 조언해 주는 것이 더 나아 보였다. 그래서 현수는 기우에게 "그냥 하라는 대로 하세요"를 돌려서 말한 것이다. 그것이 최선이라고 믿고 있었으니까. 그래야 기우의 날카로운 삼각형이 닳고 닳아 둥그레질 수 있으니까. 그래야만 수철의 기우 "길들이기"는 끝이 날 테고 그래야만 기우가 아침햇살을 견딜 수 있을 테니까.

"전 단순히 오전에 출장을 다녀오라고 말했을 뿐입니다. 전날 밤을 새우면서까지 오전에 다녀오는 줄을 몰랐어요"

먼저 억울함을 표현했던 것은, 수철이었다. 그 억울함은 수철의 능력 때문인지 매우 타당하게 받아들여졌다. 그리고 수철은 마지막으로 한마디 덧붙였다.

"현수가 기우에게 아마 오전에 다녀오라는 지시를 했었나 봐요. 회사 사람들이 분명히 들었다고 했어요"

이러한 수철의 발언에 대하여 현수는 당황스러움을 감출 수 없다. 항상 거울을 보며 연습했던 수많은 표정이 현실의 당혹감 앞에서는 소용없는 것이었다. 현수는 등 뒤로 서늘한 무엇인가 지나감을 느꼈다. 전날 기우에게 한 말에 대하여 간부들에게 의도를 설명해야만 했지만, 그것이 쉽지 않았다. 기우의 고집 있는 성격부터 수철의 "길들이기"까지. 언제 어디서부터 설명해야 할지 감이 잡히지 않았다. 회의실의 간부들은 여전히 "필요하지 않은 재계약 서류를 왜 그에게 오전에 받아오라고 말했느냐"의 답변을 듣고 싶어 했다.

"그것이 옳다고 생각했습니다. 오전에 계약 서류를 받아오는 것이 정식 업무 과정이니까요"

말하는 현수의 눈동자가 흔들렸다. 현수는 마음에도 없는 소리가 입 밖으로 튀어나왔다. 마치 당황한 면접 질문을 받은 지원자처럼. 이후에도 계속해서 상황을 설명하려 했지만, 자신이 무슨 말을 하고 있는지도 모를 정도로 영양가 없는 말들이 튀어나왔다. 대표를 포함한 간부들은 현수가 한마디를 할 때마다 모두 노트북에 무엇인가를 기록했다. "일이 어떻게 되어가고 있는 거지" 현수는 말을 하면서도 속으로 자기 자신에게 물었다.

"수철 씨는 전날 미팅 때문에 자리를 비웠고, 기우 씨가 그렇게 무리한 스케줄을 가지고 있었는지 몰랐다고 하던데…."
"왜 현수 씨는 기우 씨가 야근하는 걸 알면서도 아침까지 받아오라고 했나요?"

처음 듣는 간부들의 존댓말 속에, 편향된 의도가 담겨있는 간부들의 질문이 현수에게 날아왔다. 마치 "나의 잘못입니다"를 말하기를 기다리는 사람들 같았다. 내 앞의 간부들이 수철에게도 같은 의도가 담긴 질문들을 했을까. 현수가 무엇이라도 대답하려던 찰나 대표가 짜증 섞인 표정으로 혼잣말을 했다.

"근데 왜 자기 팀 후임도 아니면서 업무 지시를 내린 거야?"

현수는 그러한 대표의 표정을 처음 본 것 같았다. 그 표정은 마치 잘못을 인정하지 않고 고집부리는 어린아이를 대하는 어른들의 표정 같았다. 현수는 끈적거리는 껌을 얼굴에 맞은 느낌이었다. 모두가 씹어 단물을 다 빼먹고 더러워진 껌. 그 껌의 뒤처리는 현수가 해야만 했다. 마지막은 결국 현수에게 갔으니까.

현수는 이후 별다른 대답을 하지 못했고 그날의 회의는 그대로 끝이 났다. 현수가 회의실을 나오는데 틈새가 살짝 열린 계단 흡연실에서 익숙한 목소리가 들려왔다.

"그 새끼가 이렇게 뒤통수를 치네"

수철은 계단 흡연실에서 진심으로 억울한 듯 소리치고 있었다. 수철이 말하는 "그 새끼"가 자신을 말하는 것인지, 기우를 말하는 것인지 가늠이 되지 않았다. 회사 사람들은 그런 수철을 보며 위로 비슷한 말들을 건네는 듯했다. 작게 열린 문틈 사이가 바람에 닫히고 대화는 더 이상 들리지 않았다. 현수는 회의실에서 30초도 채 걸리지 않는 자신의 자리를 향해 걸어갔다. 의자에 앉은 그는 왠지 자신이 붕 떠 있다는 느낌을 받았다. 모니터 너머의 회사를 둘러보았다. 누구는 급하게 타자를 치고 있었고 누구는 거래처와 통화를 하며 굽실대고 있었다. 모두가 이전과 같이 바빠 보였다. 이번에는 고개를 숙여 자신의 자리를 쳐다보았다. 여전히 수많은 포스트잇과 영수증들로 가득한 자리였다.

그날 이후로 회사 사람들은 그를 보며 쑥덕거리는 것이 노골적으로 느껴졌다. 회사 사람들은 그에게 업무 이상의 대화를 걸지 않았고 매번 시끄러웠던 동기 단톡방은 쥐 죽은 듯이 조용해져 있었다. 현수는 회사에 자신이 나타날 때마다 사람들의 대화가 끊기는 느낌을 받았다. 과거 인턴 때 나갔던 동기가 이런 감정이었을까. 나 또한 그들의 모습이었을까. 현수는 해결되지 않는 고민을 해야만 했다.

현수는 이후에도 계속 왜 기우에게 무리하게 업무를 지시했는지 해명해야 했다. 사적인 자리에서든, 공적인 자리에서든 기우의 죽음에 대한 책임이 뒤따라왔다. 마치 회사는 현수가 기우의 죽음에서 빠져나올 수 있는 하나뿐인 탈출구인 것처럼 대했다. 그래도 현수는 매번 같은 버스, 지하철을 타고 같은 현관문을 열며 침대에 누웠다. 그리고 조용히 말했다.

"아직도 화요일이네"

#

"담배 한 대 태울까?"

수철은 현수에게 다가와 물었다. 현수는 대답 없이 주머니 속의 담배를 찾는 시늉을 했다. 그리고 그의 등을 바라보며 흡연실로 향했다.

"형 한 번만 살려줘라."

수철은 한 계단 위에서 현수에게 등을 지며 말했다.

"이번에 인사고과 있는 거 알잖아. 나 이번 연도에 실적 쌓고 내년 상반기에 과장 달려고 하는데 이렇게 무너지긴 아쉽잖아"
"뭐 기우가 막말로 나 때문에 죽은 것도 아니고, 경찰에서도 아마 졸음운전으로 끝낼 거 같다던데"

그리고 수철은 잠깐 한숨을 쉬며 말을 이어갔다. 그는 진심으로 힘들어 보였다.

"이번에 경쟁 PT 있잖아, 삼진에서 하는 거, 월에 8억짜리 예산. 그거 이번에 우리 회사가 딸 거거든? 너 이름도 넣어줄게"

수철은 마치 "선심"을 말하기 창피한 것처럼 머리를 계속 긁적이며 말했다. 그의 태도에서 "너에게는 기회다"라고 마냥 말하는 것 같았다. 현수는 잠깐 그의 말을 듣고 생각했다. 오늘이 목요일이던가.

경찰은 정말 기우의 죽음을 단순히 "졸음운전"으로 사건을 종결했다. 대표가 개인적으로 타고 다니길 좋아하던 비싼 국산 세단 법인 차량이 고장일 리는 없었고 별다른 혐의점을 찾기에는 힘들었을 것이다.

(혀를 내밀며) 가나다라마바사

67

그리고 그 이후, 회사는 어처구니없을 정도로 쉽게 현수에 대한 태도를 바꾸었다.

"그동안 고생했어, 현수 씨, 이제는 걱정하지 마"
"앞으로 경쟁 PT만 잘 준비하면 돼. 나머지는 우리가 알아서 할게"

대표는 항상 상냥했던 미소와 함께 현수에게 말했다. 그는 사건이 종료된 이후, 마치 앓던 이를 뽑은 것처럼 상쾌하다는 듯이 행동했다. 대표에게 있어 기우의 사건은 딱 짜증 나는 사건, 그 이상 이하도 아닌 듯했다.

사건이 종결된 후, 기우의 자리는 빠르게 치워졌다. 기우의 동기들이 기우의 지문이 묻었을 마우스, 키보드, 파일철 서류들을 정리했다. 그렇게 치워진 기우의 자리에는 꽃다발과 함께 기우가 마지막으로 프린터 했을 계약서가 놓여 있었다. 차량이 반파될 때까지 기우와 함께 있었던 종이라고는 믿기지 않을 만큼 깨끗했다. 얇은 한 장의 종이 윗부분에는 클립으로 기우의 명함이 끼어져 있었다.

"㈜ 00 에이전시 김기우"

아마도 사고가 나지 않았더라면, 기우가 가장 먼저 클라이언트에게 건네었을 명함이었다. 기우의 명함 또한 빳빳하고 억센 종이 냄새가 났을 것이다. 결국 그 명함은 끝내 건네어지지 못했다. 회사는 기우의 가족들에게 위로금을 선사했고 산재는 결국 인정되지 않았다.

 죽을 때까지 일하는 게 정상적인 회사예요?. 검은색 긴 치마를 입은 기우의 할머니로 보이는 사람의 쉰 목소리에 아무도 답하지 못했다. 회사는 기우와 연이 깊어 보였던 몇몇 직원을 데리고 장례식에 다녀왔다. 그중에는 현수와 수철이 포함되어 있었다. 기우의 부모님은 장례식장에서 볼 수 없었다. 나중에 들은 사실로는, 기우의 어머니는 실신하여 입원한 상태였기에 볼 수 없었던 거라고 했다.

 회사는 자율복장이었기에 현수는 그들이 정장을 입은 모습을 처음 보았다. 깔끔한 단색 정장을 갖춰 입고 밖으로 나서는 회사 사람들은 마치 중요한 미팅을 가는 사람들 같았다. 그중 수철은 정장 허리가 맞지 않는다며 명품 브랜드 금색 벨트를 허리에 맸다. 크게 G 알파벳이 허리춤에 박혀있는 벨트였다. 수철이 기우의 사진 앞에서 절을 할 때 명품 알파벳 벨트가 덜그럭거리는 소리가 났다. 후에 알고 보니 수철은 마케팅 국장의 인맥으로 들어온 사람이었다. 수철의 삼촌은 우리 회사의 고정 클라이언트이었고, 우리 회사의 가장 큰 돈줄이었다. 매 순간 크고 작은 이슈를 만들어왔던 수철의 "길들이기" 업무 스타일이 어떻게 간부들에게 용인될 수 있었는지 그제야 현수는 이해가 되었다. 수철이 말한 경쟁 PT는 실제로 수주가 이루어졌고, 현수의 이름 또한 그 실적에 포함될 수 있었다.

(혀를 내밀며) 가나다라마바사

"그렇게 좀 쉬면서 하지… 참 안 됐어."

동기 중 한 명은 진심으로 안타까워하면서 말했다. 마치 기우가 자발적으로 일에 미쳐 사고가 발생한 것처럼 들렸다. 그것은 우리가 모두 이 사건의 책임에서 빠져 있는 듯 보이게 만들었다. 기우가 만약 "졸음"으로 죽은 게 아니라 과로사의 대표적인 증상인 "뇌출혈"이나 "심장마비"로 죽었다면 회사 사람들은 어떤 말을 했을지 현수는 조금 궁금했다. 대표는 장례식이 끝난 후 어수선한 분위기 속에서 전사 회식을 잡았고, 30명 남짓한 직원들은 대표의 연설을 들어야만 했다.

"안타까운 상황 속에서도, 계속해서 앞으로 나아가야 합니다."

회사 대표는 마치 기우가 죽은 것이 절체절명의 위기인 듯 말했다. 그리고 그 끝맺음 말은, 클라이언트들에게 소식이 전해지지 않게 조심하라는 말로 요약이 가능했다. 현수를 포함한 대다수 직원은 그 절차가 옳은 절차라고 생각했다. 사람이 죽을 때까지 일 시키는 회사와 일을 하고 싶은 클라이언트들은 없을 테니까. 그리고 연말이 오기 전, 기우가 죽고 한 달이 조금 넘은 시점에 2년 차 사원 5명을 대리로 진급시켜 주었다. 그 5명에는 현수 또한 포함되어 있었다. 지금까지 연말에 연봉협상을 하며 진급이 이루어졌지만, 이번 진급은 이례적으로 매우 빠르게 이루어졌다.

"현수가 1팀에서 이번에도 고생 많았어, 마음고생 많이 했을 텐데"

대표가 이번에는 현수에게 반말로 불렀다. 대표의 웃는 표정은 예전과 다름이 없었다. 연봉계약서를 내밀며 회사는 마치 "우리가 너희를 이렇게까지 신경 써"라고 말하는 것 같았다. 현수 앞에 놓인 연봉협상 종이에는 15% 이상 상승한 연봉이 적혀있었다. 작년보다 수주가 절반에도 채 못미치던 연도였다. 현수는 서명란에 자신의 이름을 쓰고 빠르게 회의실을 나와버렸다. 기우가 만약 그날 올림픽대로를 나가지 않았더라면, 기우 또한 이번 연도 말쯤에 "연봉 늑약"이라고 우스갯소리로 말하며 계약서에 사인을 하고 나왔을 것이다. 그랬다면 아마도 현수는 기우에게 "축하한다"라고 말하며 속으로 "너도 버렸구나", 혹은 "너도 동그라미가 되었구나"라고 말했을 것이다.

회사는 무슨 일이 있었냐는 듯이 또다시 바쁘게 업무의 수레바퀴는 돌아갔다. 아마도 이번 주간은 정산 관련 일이 남아있을 것이고, 현수는 또다시 야근을 해야 했다. 그날은 이상하게 현수를 제외한 모든 직원이 퇴근한 상태였다. 그는 혼자 어두컴컴한 회사 안에 앉아있었다. 혼자 남은 현수는 무의식적으로 포털사이트를 들어갔다. 커다란 초록색 검색 칸에 커서가 깜빡거리고 있었다. 기우는 "올림픽 대로 사고"를 검색했다.

(혀를 내밀며) 가나다라마바사

"올림픽대로 3중 추돌사고, 1명 사망 3명 부상…"
"출근길 아수라장… 9호선 및 올림픽대로 통제"

들어보지도 못한 여러 비극적인 사고들이 맨 위 칸에 나열되었다. 기사 작성일이 현재로부터 짧게는 몇 개월, 길게는 몇 년 전의 기사들이었다. 그곳에서 가장 최근에 죽었을 기우의 관한 기사는 없었다. 현수는 추가로 "졸음운전", "과로사" 따위의 단어들을 검색해보았지만, 기우와 관련된 기사는 보이지 않았다. 다만 과로사와 관련된 연관 검색어인 "뇌출혈", "심장마비"의 키워드를 눌러보았다. "뇌출혈 초기증상"의 블로그 글에는 "말을 더듬거림", "혀가 말려 있음" 등의 증상이 나와 있었다.

현수는 잠시 바깥바람을 쐬고 싶었다. 그래서 회사 계단에서 담배 피우고 회사 하나뿐인 화장실 문을 열었다. 어두컴컴한 화장실 거울에서 바깥 가로등 불빛에 비춘 현수의 모습이 보였다. 현수는 그 거울을 보며 말했다.

(혀를 내밀며) 가나다라마바사
(또다시 혀를 내밀며) 가나다라마바사

어두컴컴한 화장실에서 조용하게 같은 소리가 반복되어 퍼져나갔다.

임상시험

박혜진

제 7회 경기히든작가 소설 부문

임상시험

박혜진

한 대학가 옆에 크지도 작지도 않은 공터가 보였다. 낮은 울타리가 쳐진 채 말 그대로 아무것도 없었던 공터였을 터다. 아마도 길쭉한 삼각형 모양 탓에 사용 가치가 없어 주인으로부터 버려진 땅이리라. 하지만 지금 상태로는 공터라고 부를 수 없을지도 모르겠다. 한편에 온갖 것들이 버려져 있다. 버려진 것들을 보아하니 쓰레기봉투에 버리기 애매한 것들이었다. 예를 들면, 카시트(여기에 앉았을 아기가 이걸 알면 찜찜하고도 애잔한 기분이 들 것 같다), 작은 손수레, 전기장판 등. 사람들의 심리가 참 신기하다고 생각된 것은 이 지점이었다. 그 작지도 크지도 않은 삼각형의 공터에서도 유독 한쪽에만 버려진 것들이 몰려있고, 나머지 부분은 깨끗하게 비어있다는 것이다. 마치 그곳만큼은 쓰레기장으로 써도 좋다고 허락받은 것처럼. 그때 둘둘 말려있던 전기장판에서 쥐가 나와 조금 떨어져 있던 수레 아래로 쪼르르 달려가는 것이 아닌가. 참으로 오랜만에 보는 쥐라고 생각했다. 몇 번을 더 왕복하는 것을 보니 먹잇감을 찾았고 자신의 주거지로 실어 나르는 중인 것 같았다. 쥐가 찾은 먹이가 무엇이었는지 알고 싶었으나 안타깝게도 버려진 음료 캔에 가려져 볼 수 없었다. 그렇게 쥐의 활동을 보고 있는데 버스가 출발하는 바람에 더 이상 볼 수 없게 되었다. 만약 버스 너머로 쥐를 본 게 아니라 코앞에서 봤다면 야단법석을 떠느라 그렇게 태연하게 볼 수는 없었을 것이다. 관찰자는 제삼자가 될 수 있고, 제삼자야말로 제대로 볼 수 있는 사람이라고 결론 내리면서 초이는 자신의 깨달음에 스스로 놀랐다. 그때 버스가 지나간 곳은 대학의 정문이었는데 '생화'라고 적힌 박스들이 즐비해 있었고, 여기저기 두툼한 잠바를 입은 사람들이 분주하게 움직이고 있었다. '아, 오늘이 이 대학의 졸업식인가 보구나. 저들은 오늘이 졸업식이라는 걸 어떻게 알았을까?' 하면서 아들의 유치원 졸업식을 떠올렸다. 졸업식장에 도착해 다른 부모들의 손에 들린 꽃다발을 보고 나서야 졸업식엔 꽃다발이 필요하다는 걸 알아차렸다. 아직 십여 분이 남아 있으니 사 오려고 밖으로 나가 근방을 살폈으나 꽃다발을 살 만한 곳은 없었다. 사실 한 개 정도 있었다고 한들 초이가 가진 돈 안에서 살 수 있었을는지. 일단 급한 마음에 뛰어나오기는 했으나 1년 365일 중 300여 일을 오고 갔던 유치원 주변에 꽃집이 없다는 것이 그제야 기억났다. 자기만 꽃다발을 못 받은 것을 아들이 눈치채지 못하게 하는 수밖에 없었다. 아들의 기억이 더 떠오르기 전, 아들의 유치원 졸업식 날 장면을 끝으로 초이가 내릴 정류장에 다다랐다.

"이번 정류장은 테히드라병원, 테히드라병원입니다. 테히드라병원의 임상약리센터를 방문하실 분들은 이번 정류장에서 내리시기 바랍니다."

* *

초이가 향한 곳은 당분간 생활비를 벌게 해 줄 한 병원의 임상약리센터였다. 흰머리와 탈모를 개선할 것으로 기대되는 후보물질 특허 출원 단계에 있었던 한 제약회사의 임상시험 참가를 몇 주 전 마친 후였다. 지금까지도 인류가 흰머리와 탈모 고민에서 벗어나지 못할 것이라고 예상한 과학자는 아무도 없었다. 초이가 살고 있는 세상은 수명 연장 기술의 발달로 평균 120세까지 사는 것이 보편화된 세상이었다. 그러나 모두가 수명 연장 기술을 통해 120세 이상을 사는 세상은 아니었다. 수명 연장 기술의 혜택을 받기 위해서는 큰 비용이 들기 때문에 돈 있는 자들이나 오래 살 수 있지 서민층과 극빈층은 당장 입에 풀칠하기도 어려운 마당에 수명을 연장하고 싶은 마음이 들 리 없었다. 수천 년 인류의 역사에서 그러했듯 이러한 빈부의 격차는 초이의 나라에서 수천 가지의 수명 연장 기술들이 개발되는 데 있어 훌륭한 토대가 되어 주었다. 오래 살고 싶은 욕망을 가진 부유층은 수명 연장이 필요했고, 생계 수단이 필요한 서민층은 임상시험 대상자가 되어 큰 몫을 챙길 수 있었다. 생명 연장 기술의 발전은 전적으로 임상시험의 결과였다. 실험을 시작한 지 5년 만에 평균 수명이 1년 연장된 것이 확인되었다. 정부가 운영하는 바이오산업국 소속 빅보스 생명 공학 연구소의 발표에 의하면, 평균 수명이 1년 연장되는 데 필요한 임상시험 건수는 약 1,567건이며, 피실험자의 수는 약 6,234명이었다. 투입 연수 5년을 1년으로 환산하면 매년 313.4건의 임상시험에 1,246.8명의 피실험자가 필요했던 셈이다. 인구가 겨우 5백만 명인 초이가 사는 나라에서 매년 천여 명의 피실험자를 구하기란 매우 어려운 일이었다. 그러나 임상시험의 결과는 가히 경이로웠다. 그로 인하여 거둬들인 이익이 연간 1조 5천억 원에 달하였을 뿐 아니라 이 기술이 다른 나라로 수출되면서 외화벌이가 초기 단계에서만 기존 수입의 10배가 될 거라는 예측이 빅보스 경제 연구소에서 나왔다. 이것은 석유가 전혀 나오지 않는 초이의 나라에 국가 설립 이후 가장 큰 외화 수입원이 될 것이 분명했다. 정부는 5년 투입으로 1년의 수명 연장에 성공했던 것을 기틀 삼아 '1년 투입, 1년 수명 연장' 계획을 수립하기에 이르렀다. 그러기 위해서는 연간 6,234명의 피실험자가 필요했는데, 이는 인구의 약 0.1퍼센트에 달했다.

수많은 피실험자를 확보하기 위하여 정부가 쓴 방법은 크게 두 가지였다. 첫째, 기존의 「첨단재생의료 및 첨단바이오의약품 안전 및 지원에 관한 법률」 및 「의약품 등의 허가 수수료 규정」을 개정했다. 임상시험 참가 대가로 검사비, 교통비 등의 필요경비 정도의 수수료만 지급하던 것을 참가자가 테스트를 위하여 방문할 때마다 최대 일용 노동자의 10일 치에 해당하는 고액의 일당을 지급할 수 있도록

했다. 경우에 따라서는 참가비 외에도 위험수당을 추가로 얹어 주는 것도 합법화되었다. 둘째, 정부는 은밀히 일용 노동자들의 근로 조건과 환경을 의도적이고 암묵적으로 악화시켰다. 일용직 근로소득의 비과세 소득 금액과 소득공제액을 낮추고, 고용인들의 갑질 관행을 눈감아주는 것이었다. 정부가 이 두 가지를 병행한 일은 수명 연장 프로젝트 측면에서 참으로 현명한 정책이었다. 전보다 더 많은 시간을 일해도 더 적은 일당을 받게 된 인구의 0.1퍼센트에 달하는 일용근로자들은 점차 임상시험 연구로 눈을 돌리기 시작했다. 임상시험 참가를 아예 전업으로 삼은 시민들도 점차 늘기 시작했다.

그로 인한 부작용이 있었으니, 그것은 일용근로자들이 기존에 종사하고 있었던 산업 분야의 인력 이탈이었다. 타격을 받은 산업은 주로 자동차 제조, 휴대전화 제조, 이외 모든 제품의 제조업, 건설업, 금융업, 농업, 축산업, 수산업 등 사실상 거의 모든 분야라고 할 수 있었다. IT의 발달로 인공지능과 로봇이 결합한 결과, 출산 도우미, 육아 도우미, 요양 보호사, 이·미용사, 애완동물 훈련사, 로봇 거부 반응자 심리상담사, 장례 지도사, 라이브 악기 연주자, 연극인을 비롯한 배우들, 개발자 외에 다른 산업 분야의 거의 모든 근로자는 일용직으로 전락했다.

일용근로자들이 임상시험 분야로 전향한 것은 인력 이탈이라는 부작용보다는 오히려 순기능이 있다는 의견이 대두되었다. 그들의 주장에 따르면, 제조업, 건설업, 금융업 등의 일용근로자에 대한 수요는 이미 감소하고 있었던 추세로 실업자만 계속하여 늘고 있었으므로 이 분야의 종사자들은 자연 도태될 수순이었다는 것이다. 건강한 사회를 위해 매우 필수적인 요소인 신분야 고용 창출이라는 측면에서 임상시험의 확산은 우리 사회에 오히려 긍정적으로 작용할 거라 주장했다. 사실 이러한 주장은 정부의 공작으로 형성된 여론이었는데, 아이러니하게도 정부의 '인간을 대상으로 한 임상시험 확대 정책'이 세계적인 동물실험 금지 추세에 역행한다고 주장해온 임상시험 반대 세력들의 호응과 지지마저 얻어내는 데 성공하였다. 정부로서는 한 개의 돌로 도대체 몇 마리의 새를 잡은 것인지 알 수 없을 정도가 되어, 소리 없는 즐거운 비명이 터져 나왔다. 그리하여 초이의 나라는 임상강국, 임상시험천국이 되었다.

정부가 실행하고 있었던 수명 연장 정책은 0.1퍼센트의 부유층의 수명 연장을 위해 0.1퍼센트의 피실험자가 필요한, 참으로 딱 떨어지는 등가 기술의 법칙이 통하는 것으로 유명했다. 그러나 모든 부유층이 수명 연장 서비스를 구매한 것은 아니었다. 수명 연장 서비스를 이용하지 않겠다는 신념을 가진 부류도 있었기 때문이다. 그중 한 명이 몇 년 전까지 초이의 직장이었던 5D 영화관 사장의 아들이었다. 극장주와 극장주 부인은 생명 연장 시술을 각각 다섯 차례와 여덟 차례나 받아 현재 120세를 바라보고 있는 노년의 부부였다. 영화관 사장 내외의 외모는 불과 40, 50대밖에 안 돼 보였지만, 말투와 표정, 몸짓은 120년을 살았다면 풍길 직한 딱 그런 모습이라는 게 초이가 느낀 그들 부부의 첫인상이었다.
한편, 초이의 어머니는 외모나 나이와는 상관없이 여성스럽고 귀여운 스타일이라는 게 어떤 것인지 알 수 있게 하는 그런 사람이었다. 파마기가 없는 쇼커트 스타일에 안경을 쓰고, 립스틱 외에는 화장을 전혀 하지 않은 오십 대의 중년 여성이었다. 평균 수명이 120세까지로 연장되었을지라도 오십 대는 중년에 해당하였다. 노년의 시작을 몇 세로 늦추어야 할지에 대한 이슈는 매년 부처마다 뜨거운 논의 대상이 되어 왔다. 노년의 시작이 늦춰지면 늦춰질수록 중년의 시기는 길어질 뿐 달리 대체할 용어가 없었기 때문이었다. 초이의 어머니가 중년의 나이에도 불구하고 귀여운 이미지를 가질 수 있었던 이유는 아마도 어딘지 모르게 수줍음이 묻어나는 말투와 소녀같이 웃는 모습 때문인 것 같았다. 딱히 애교를 부리지 않아도 애교가 넘치는 여자로 보이기에 충분했는데 과연 수명이 연장되어 100세가 넘도록 살아 있더라도 지금과 같은 이미지를 유지할 수 있을까.

극장주, 극장주 부인과 같이 생명 연장 시술로 수명이 연장되었을지라도 말투와 표정, 눈빛, 생각까지 젊게 해주지 못한다면 초이는 아무리 부유해지더라도 생명 연장 시술을 받지 않겠노라고 다짐했다. 송년회 행사장에서 극장주 부부를 보니 아들들의 사연이 궁금해졌다. 큰아들은 사고로 급사했다 들었고, 둘째 아들은 노환으로 곧 죽을 거라는 소문이 돌았다. 큰아들은 사고라 어쩔 수 없었다고 쳐도, 둘째 아들은 돈도 있겠다, 얼마든지 생명 연장 시술을 차고 넘치도록 받을 수 있었을 텐데 나이 여든도 안되어 노환으로 죽어간다고 하니 그 이유가 궁금했다. 둥근 테이블에 함께 앉아 있었던 동료들을 향해 초이는 목소리를 낮춰 물었다. 초이의 바로 옆자리에 앉아 있던 동료가 들은 이야기가 있었는지 역시 목소리를 낮춰 대답했다.

"그게 형의 죽음 때문이라던데? 아들이 죽었는데도 시술해대는 부모에게 혐오감을 느꼈다나 뭐라나? 자기의 부모가 큰아들을 잃은 후 치매 증세를 보인다고 주장했다더군. 자신은 자기 자녀들보다 결코 오래 살지도, 치매를 앓는 채로 너무 오래 살고 싶지도 않다고. 자연스러운 운명을 맞이하겠다고 선언한 거지."

초이가 생각에 잠겨 있는 사이 또 다른 동료가 말했다.

"나도 사모가 내 이름을 자꾸 잊어버리는 것에 대해서 생각해 본 적이 있어. 나는 사모랑 꽤 오랫동안 자주 마주쳐왔는데 사실 내 이름뿐 아니라 다른 것들도 기억하지 못하는 경우가 많았던 것 같아."

동료 중 가장 나이가 많은 이가 대화를 이어 나갔다.

"치매인지 아닌지 확실히 알 수 없지만 너무 오래 살아서 그런 것만은 확실해. 120년 동안 머릿속에 저장된 데이터가 오죽이나 많겠어. 그것들 사이에서 그녀가 너의 이름을 기억해내기 어려운 건 당연하지. 평균 기대 수명인 120세를 곧 넘길 테니 그들 부부가 앞으로 몇 년을 더 살지는 이제부터는 리스크이지 않을까? 그런 뇌 상태로는 말이야. 생명 연장술에 기억력 리셋 서비스가 추가되어야 할 것 같지 않은가?"

초이는 사장의 둘째 아들이 생각하는 '자연스러운 죽음의 운명'이라고 말할 수 있으려면 어떤 삶을 살아야 하는지를 두고 그 후로도 오랫동안 생각했다. 자연스럽다는 것은 어떤 뜻인지, 그 어떤 인위적인 치료법이나 예방법을 배제한다는 뜻인지, 어느 정도 인위적인 치료법이나 예방법을 허용하겠다는 것인지, 자연스러운 죽음은 인간이 추구해야 하는 옳은 가치에 해당하는지를 스스로 묻고 또 물었다.

흰머리와 탈모 개선 분야는 계속하여 답보상태이고, 알츠하이머병에 대해 이렇다 할 예방이나 치료법의 단서조차 발견하지 못하고 있는 상황에서 평균 수명 120세 시대를 맞이하게 된 것은 개인의 관점에서 과연 만족할 만한 성과일까. 평균 수명은 연장되었으나 알츠하이머는 85세 이상 노인에서 발병률 50퍼센트라는 2022년도 수치에서 조금도 개선되지 않았다. 85세 이상 노령자의 수가 절대적으로 많아진 만큼 알츠하이머 환자의 수도 많아질 수밖에 없었다. 생명 연장 시술을 의뢰하는 고객들도 이점을 모두 알고 있었다. 99.8퍼센트의 확률로 수명 연장을 기대할 수 있으나 50퍼센트의 확률로 알츠하이머병에 걸릴 수 있다는 점을 확인한다는 서약을 한 뒤에야 시술할 수 있기 때문이다. 50대 혹은 빠르면 40대부터 흰머리와 탈모의 고민을 안고 동시에 언제 치매 증세가 발현될지 모르는 채로 120세 이상을 산다는 것은 어떤 의미가 있을까.

초이는 질병이라 불릴 만큼 심각하지 않지만 여러 가지 작은 증상을 가지고 있는 것에 감사했다. 이것은 초이가 5D 영화관에서 후각을 담당하는 일용직으로 일하다가 전업 '임시대'가 되기로 결심한 후부터 든 생각이었다. 임시대라 함은 임상시험 대상자의 줄임말이다. 초이는 임상시험의 대상자가 된다는 것에 대해 괜한 거부감이 있었으나 주변의 동료들이 하나둘 임시대로 전업하는 것을 보고 듣고 하니 관심이 생기기 시작했다. 혹시나 하는 마음에 한 번 시도해 본 것이 만족도가 꽤 높아 전업으로 삼은 것이다. 게다가 소정의 약제비, 교통비만 받던 것을 노동소득과 맞먹을 정도의 참가수수료를 받을 수 있게 됐으니 말이다. 초이는 임시대를 하나의 직업으로 삼을 수 있게 된 것이 바이오산업국의 성과라고 환호하며 정부의 생명 연장 정책의 열렬한 지지자가 되었다. 모 의대를 필두로 다섯 군데의 의료기관과 제약회사가 군집한 '과민성 방광 치료제' 개발 프로젝트가 드디어 임상 단계까지 와 준 덕분에 한 달 전 임상시험 대상자가 되기 위해 서류를 넣어 신청했고, 서류 통과 후 어제 면접을 보고 왔다. 8개월짜리 첫 임상시험이 끝나고 한 달도 채 안 되어 반갑게도 모집 공고가 나와 준 것이었다. 정부 정책에 힘입어 생명 연장 산업이 활성화되고 임시대로 전업하고 난 후 얼마 지나지 않아 초이는 경제 사정이 매우 좋아져서 계획에 없었던 결혼도 하고 아이도 하나 낳았다. 여전히 생명 연장 시술 가격은 높게 형성되어 있었는데, 고율의 '장수세'가 가산되어 있었기 때문이기도 했다. 오래 살게 된 만큼 사회기반 서비스 및 지구 환경의 사용과 소비가 증가할 것이기 때문에 부과하는 세금이 '장수세'였다. 일종의 환경이용세로서 '나이세'라고도 하고, 더 많이 먹고 더 많이 배설할 것이기 때문에 '응가세'라는 별명도 있었다. 부유층에서는 굴욕적인 별명을 가진 이 세금을 폐지하라고 목소리를 높였으나, 오히려 정부는 소득에 따라 차등을 두는 소비세로 바꾸고자 노력을 꾀하고 있었다. 하지만 조세학자들은 소득세와 소비세를 결합하는 방법을 아직 내놓지 못하고 있었다.

생명 연장 시술의 가격이 고가임에도 불구하고 수요의 증가세는 좀처럼 줄어들 기미를 보이지 않았다. 10년 넘게 유지되고 있었던 평균 수명이 120세라는 기준을 넘어설 것으로 예상되자 정부는 돌연 출산세를 도입하였다. 높아진 평균 수명으로 인구가 증가하자 정부가 개체 수 조절에 들어갔다며 갑자기 도입된 출산세에 대한 사회적 반발이 거세었다. 돈이 있는 자만이 자신의 생명도 연장하고, 새로운 생명도 탄생시킬 수 있는, 이 사회 시스템을 거부하는 강렬한 시위가 매일 벌어지고 있었다.

초이는 '이제 둘 중 하나는 할 수 있는 경제적 여유가 있다'고 생각했을 때, 자신의 생명을 연장하는 대신 새로운 생명을 탄생시키는 것을 선택하였다. 그것이 종족 번식 본능이 장착된 생물의 자연적인 욕구라고 생각했던 것 같다. 아니, 정확하게 알 수는 없었으나 자신의 선택이 옳다는 확신은 들었다. 자신의 확신이 옳았다는 것은 아이가 태어난 직후 바로 알았다. 인류를 향한 일종의 보람을 느꼈기 때문이었다. 그것은 한 번도 겪어보지 못했던 부모가 되는 순간이었으므로 형언할 수는 없었지만, 5D 영화관에서 일은 제법 해봤던 초이로서 일과 비교해보자면 다음과 같다. 5D 영화관에서는 시각, 청각 외에 360도 입체 영상을 통하여 촉각 및 후각 서비스가 제공되는데, 이곳에서 일하던 한 후각 담당이 전 인류를 구원한 사건이 있었다고 치자. 그는 밀폐된 공간에서 특정 냄새의 노출이 인체에 미치는 치명적인 영향을 알게 되어 세상에 공표한다. 그 후각 담당자는 본인의 역할이 그저 정해진 시각에 관람객의 수를 정밀하게 고려해, 상영 중인 영화에 포함된 냄새를 적절한 양으로 풍겨주고, 영화 상영이 끝난 후에는 상영관을 나가는 관람객을 대상으로 후각 효

과에 대한 피드백을 받아 전달하는 것일 뿐이라고 생각했을 것이다. 그러다 본인의 역할을 넘어서 영화에 자주 사용되던 어떤 냄새가 계속 부정적으로 평가 받는 것을 발견하고, 집에서 몇 차례 실험 후 하나의 결론에 이르게 된다. 그 실험 결과는 영화 산업계는 물론 세계에 반향을 일으킬 것이고, 그는 그 성과가 자랑스러울 것이며, 본인이 그 장본인이라 것에 자부심을 느낄 것이다. 물론 초이는 5D 영화관에서 후각 담당으로 일하면서 본연의 임무에 충실했을 뿐, 이와 같은 업적을 남기지는 못하였다. 그러나 그 상황을 상상해 본다면, 지금 초이가 아이를 통해 느끼는 자긍심, 자부심, 세상에 대한 기여 같은 것들과 같은 느낌일 것이다. 그렇게 가족은 초이에게 세상을 다 가진 듯한 기분이 들게 했다.

사회적 건강보험의 적용 중지 나이를 120세에서 125세로 올리는 안을 두고 초이의 나라가 떠들썩했다. 시민들 사이에 격론이 벌어졌다. 개인의 자발적 선택으로 기대 수명이 길어진 것이므로 사회적 건강보험의 적용 중지 나이를 설정해야 한다는 것에 정치적, 사회적 합의가 필요했다. 그 과정은 예상을 뛰어넘을 정도로 험난한 진통을 겪었다. 극적으로 타결되면서 설정되었던 나이가 평균 기대 수명 120세. 10년 전의 일이었다. 그때 사회적 건강보험 커트제를 반대했던 세력들은 평균 수명이 더 늘어날 것으로 예상되는 사회적 흐름에 발맞추어 이제는 그 나이를 125세로 올려야 한다는 주장을 새롭게 제기하였고, 커트제를 찬성했던 세력은 커트라인을 올려야 한다는 주장에 강하게 반대하였다.

초이의 나라는 임상시험 연구기관 연합과 임상시험 피해자 연맹의 싸움으로도 시끄러웠다. 정부는 산업자원국을 바이오산업국으로 재편하면서 그 소속으로 빅보스 생명 공학 연구소를 설립했다. 이후 조용한 날이 있었던가 싶을 정도로 정부는 늘 생명윤리를 이슈로 하는 사회적 갈등 사이에서 방어 태세를 해제할 수 없었다. 임상시험 참여자 중 심각한 부작용을 토로하는 것도 주변에서 봐왔고, 간혹 사망에 이르렀다는 소문이 들려오기도 했다. 그럴 때마다 초이는 자신만은 피해 가길 속으로 간절히 빌며 가족의 생계를 책임지기 위해 임시대 일을 계속해오고 있었다. 피해 보상을 요구하는 임상시험 피해자 연맹에 대해 임상시험 연구기관 연합은 임상시험에서 발생할 수 있는 잠재적인 위험과 부작용에 대해서 충분히 사전 고지가 되었기 때문에 연구기관은 책임이 없다는 태도로 일관했다. 지급되는 대가에는 이러한 수당이 포함된 것이고, 무엇보다도 참가 신청은 자발적인 선택이었기 때문에 책임은 전적으로 임시대 개인에게 있음을 반복해서 주장하였다. 임상시험 연구기관 연합이 피해자 연맹의 금전적인 피해 보상 요구만을 부각하고 있는 것과는 달리 피해자 연맹은 보상을 요구할 뿐 아니라 생명 연장 기술 이용자와 그 가족의 행복권 침해에 대해서도 비판하고 있었다. 그들은 생명연장술의 결과가 인간관계에 미묘하거나 명확한 영향을 미쳐 본인의 행복도에 악영향을 주는 사례들이 점차 늘어나고 있다고 주장하였다.

몇 차례의 생명연장술을 통해 100세를 넘긴 한 남성은 생명연장술을 거부하는 자식 하나가 마음에 쓰여 마음의 병을 앓고 있으니 생명연장의 의미가 퇴색됐다고 느꼈다. 또 한 여성은 남편과 의견이

달라, 본인만 생명 연장을 위한 각종 시술과 수술을 받았고, 남편은 먼저 세상을 떠났다. 남편이 떠난 지 1년도 채 안 되어 남편을 많이 사랑하고 있었다는 것과 자신이 원했던 삶은 남편과 함께 보내는 삶이었다는 것을 깨닫고는, 더 오래 살고 싶은 마음이 싹 사라졌다고 하였다. 또 다른 3명의 할아버지는 자신들의 친구 사이먼이 생명 연장 수술을 받던 중 사망하였다며, 더 강하게 말리지 못한 자신들을 탓하며 상심에 빠져 있다고 했다. 이들 모두는 생명연장술을 받은 것을 후회하고 있거나 회유하지 못한 것을 자책하고 있었다. 임상시험 피해자 연맹은 사이먼도 분명 하늘나라에서 후회하고 있을 것이라며, 사이먼이 당시 아주 건강한 상태였음에 주목하여야 한다고 말했다. 치료를 목적으로 한 수술이 아니었다는 점에서 생명연장술로 인한 사망은 살인이나 자살에 해당할 수도 있다고 주장하였다. 이 피해 사례들을 통해 생명연장술은 적어도 가족이나 자식, 친구들 사이의 합의가 전제되어야만 생명 연장으로 인한 결과가 개인과 가족의 행복으로까지 연결될 수 있다고 결론지었다. 하지만 임상시험 연구기관 연합의 생각은 달랐다. 의지만 있다면 돈을 주고라도 생명을 연장할 수 있기 때문에 시술받지 않는 것(더 살기 위해 돈을 버는 노력을 충분히 하지 않았다는 뜻이므로, 돈이 없어서 시술받지 못하는 것을 포함하여)을 자살행위로 단정했다. 생명 연장이 가능한데도 자발적으로 삶을 포기했다고 보는 것이다. 실제로 생명연장술 광고에서도 이렇게 말하고 있었다.

"살기를 선택하시겠습니까, 삶을 포기하시겠습니까?"

"살리기를 선택하시겠습니까, 가족을 포기하시겠습니까?"

아픈 자식이나 부모 또는 불치병을 가진 피부양자에게 시술해주지 않는 것이 오히려 살인이라고 주장하며, 우리가 돈을 악착같이 벌어야 하는 이유가 여기에 있다고 했다.

초이는 문득 자신에게 행복을 주는 가족을 떠올렸다. 올해 예순을 맞이하는 초이의 어머니는 조금씩 건강에 이상이 생기기 시작했다. 초이는 아들 된 마음으로 생명연장술을 받게 해드리고 싶었으나, 출산세를 부담하면서까지 아이를 낳은 후로는 형편이 빠듯해지는 바람에 죄송한 마음에 그칠 수밖에 없었다. 초이의 어머니는 미안해하는 초이에게 이렇게 말했다.

"어디선가 이런 글을 읽은 적이 있단다. '사고의 변화가 없으면 인생이 통째로 사라진다.' 우리의 뇌는 용량이 무한한데도 뇌가 효율적인 사용을 위해 스스로 새롭고 충격적인 일만 선택하여 저장하는 전략을 쓴다고 하더라. 인생은 결국 기억하는 시간만 남는다는구나. 그래서 무료하고 반복적인 일상이 계속되면 시간이 순식간에 사라지는 것 같은 경험을 하게 되고, 고통스러운 일이 있거나 기대하고 있는 일이 있으면 시간이 멈추어 흐르지 않는 것만 같이 느끼는 거겠지. 나는 그런 경험을 수도 없이 많이 해봐서 시간은 상대적이라는 말을 참말이라고 믿는다. 살면서 경험한 모든 일들과 일곱 살 이후에 기억나는 것들에 감사하며, 그것들로 꽉 채워진 나의 60년을 축복한다. 내가 요양 보호사로 일하면서 만났던 구이란은 130세였음에도 불구하고, 그녀의 기억 용량을 연으로 환산했을 때 60년이 채 안 될 거라고 했었다. 구이란을 담당했던 주치의가 방문했던 날

뇌 건강을 측정했을 때 그렇게 들었단다. 그때 나는 알았다. 내가 더 산다고 해서 경험과 기억이 더 늘어나지는 않을 거라는 것을. 새롭고, 신나고, 슬프고, 겁나는 그런 충격만이 뇌에 기억되며 시간으로 축적될 테니까. 오래 살게 되면 새롭고, 신나고, 슬프고, 겁나고 하는 그런 일들이 줄어든단다. 그러니 초이야 이 엄마가 오래오래 더 살기를 바라는 희망과 내일 당장 죽을지도 모른다는 불안을 함께 달고 살아가거라. 네가 느끼는 그 모든 것이 너의 인생을 채울 것이다."

어머니의 이러한 생각은 초이에게 잘 전달되어 임상시험 연구기관에서 뿌려댄 광고 메시지에 세뇌되어 느꼈던 어머니에 대한 죄책감이 얼마간 사라졌다. 그즈음 비극은 일어났다.

초이는 아들의 유치원 졸업식을 마치고 아들, 아내와 함께 집으로 돌아가고 있었다. 횡단보도를 건너고 있었던 초이의 가족은 자율주행 모드 상태로 드라마를 보고 있던 운전자의 차에 받혔다. 셋은 병원으로 실려 갔다. 초이와 아내가 의식을 되찾지 못하고 사경을 헤매고 있을 때 초이의 아들은 응급수술을 받아야 했다. 법정대리인인 부모가 의식 불명인 상태에서는 조부모가 대리한다는 법 조항에 따라 초이 어머니의 수술 동의서 서명이 필요했다. 하지만 초이의 어머니가 응급실에 도착했을 때 초이의 아들은 이미 사망한 후였다. 일주일 후 의식을 찾은 초이는 사망한 아들과 의식을 잃고 누워있는 아내 소식을 듣고 혼절하였다. 초이의 아내는 1년이 넘도록 깨어나지 못했다. 아내가 결혼 전 신청했던 연명 치료 거부 결정에 따라

의식 불명 상태로 1년이 지나자 자동으로 연명 치료 중단 절차가 진행되었다. 이렇게 가족 둘을 잃은 초이는 이루 말할 수 없는 상실감에 시달려야 했다. 평균 수명 120세 시대라서 누구나 120세까지는 살 거라고 기대했었다. 초이의 나이 120세가 될 때까지 아내와 함께 살면서 그의 자부심인 아들이 사는 모습을 지켜볼 수 있을 거라고 믿어 의심치 않았다.

　초이는 자신의 비극을 곱씹었다. 만약 그 운전자가 자율주행 모드를 작동시키지 않았다면 어땠을까. 어째서 자율주행 모드는 그 정도 기능밖에 안 되고 그토록 오작동을 자주 일으켰을까. 자동차 산업의 발달 속도가 생명 연장 산업의 발달 속도에 미치지 못했던 이유는 무엇이었을까. 무엇의 방해로, 무엇이 산업 간 불균형을 초래하였을까. 평균 수명이 120세가 아닌 80세 시대였다면 덜 억울했을까. 초이는 세상을 원망하며 분노했다. 그러다 자신도 그러한 세상에 일조했음을 알아차리고는 죄책감이 더해졌다. 초이가 임상시험에 참여함으로써 공헌했던 수많은 생명 연장 기술들과 초이가 열렬하게 지지했던 정부의 생명 연장 정책들의 결과라고도 할 수 있는 비극이었다. 정부는 산업자원국을 바이오산업국으로 바꿀 만큼 나라의 온 사활을 생명 연장 산업에 걸고 있었다. 한창 자율 주행 기술을 개발 중이었던 자동차 산업을 비롯한 타 산업들에는 정부 지원이 없었다고 해도 과언이 아니었다. 초이는 갑자기 삶의 방향을 잃은 것 같았다. 그런데도 살아갈 수밖에 없다면, 이 일을 계속해야만 했다. 이제 초이가 가진 기술은 없었고, 할 수 있는 일도 남아 있지 않았다. 먹고 살기 위해 계속하여 임시대로서 살아야 했다. 초이로서는 아프고 힘든 기억을 떠안고 아프고 힘들게 사는 것을 선택할 수밖에 없었다. 과연 그럴까.

* * *

테히드라병원의 임상약리센터에 방문하여 피험자 동의서를 제출하고 나온 초이는 되돌아오는 버스 안에서 졸업식 꽃 장수들이 즐비해 있었던 대학교 앞을 다시 지나갔다. 아까 떠올랐던 아들의 졸업식이 다시 생각났고, 집으로 돌아가는 내내 죽은 아들에 대한 기억을 떠올리며 울었다. 말투와 표정, 눈빛, 생각까지 젊게 해주지 못한다면 아무리 부유해지더라도 생명 연장술을 받지 않겠노라고 다짐했던 그였다. 이 세상에 생명 연장술이 수천 가지가 있음에도 불구하고 아들을 잃은 것을 이해할 수 없었다. 말투까지는 아니어도 젊은 목소리로 되돌려주는 시술까지 나온 마당에 말이다. 초이는 집으로 돌아오자마자 임상시험 참가자 모집 플랫폼을 뒤져 기억력을 리셋하는 것과 관련된 임상시험 하나를 찾아냈다. 끝없이 쌓이는 나쁜 기억과 상실감이 수명 연장 산업의 장애물로 여겨지던 시기, 산업계는 기억을 리셋하는 서비스의 출시를 합법화하고자 했던 로비에 성공하였다. 암암리 개발이 추진되고 있었던 기억력 리셋과 관련된 기술의 근거 법률이 제정되면서 특허에 출원되었다. 동시에 임상시험이 착수될 것이라는 뉴스를 기억해낸 초이는 자신의 아픈 기억을 지울 수 있다는 희망으로 해당 임상시험 참가 신청서를 보냈다.

임상시험

생명을 연장하다가 중간에 한 번씩 기억을 모두 지울 수 있게 된 것이다. 불교에서 말하는 윤회가 물질 세상에서 현실화된 것이다. 초이는 묻고 싶었다. 그렇다면 왜 더 오래 살아야만 하는가. 결국 우리가 원하는 것은 더 사는 것이 아니라 살아 있는 동안 잘 사는 것이 아닐까. 초이가 아프고 슬픈 기억을 없애고 싶은 이유도 그래도 살아야 하는 남은 삶을, 그래도 잘살아 보고 싶은 마음이 있어서 아닐까.

초이 어머니는 슬픔을 이기지 못하는 아들이 안타까워 하루가 멀다고 초이 집을 방문했다. 와서는 늘 이런저런 사람들의 삶이라든가 경험이라든가 그런 이야기를 한바탕 늘어놓고는 했다.

"A는 요양 보호사였는데 지금으로부터 30년 전인, 나이 예순에 첫 발령을 받았어. 그 집에는 80세 여성 노인이 살고 있었어. 업계상 용어를 빌리자면 그 '어르신'은 교통사고 후 가벼운 상해를 입어 수술을 받았어. 고령인 데다가 요양 등급 4급 진단을 받게 되면서 퇴원 후 정부의 지원으로 요양 보호사의 보호를 무료로 받을 수 있게 되었단다. A가 첫 출근을 하던 날, 그 어르신은 화병과 우울증의 증세를 보이고 있었어. 화병의 원인은 수술 후 회복이 충분히 되지 않은 자신을 기초생활보장 수급자라는 이유로 병원에서 퇴원시켰다는 데 있었어. 어르신은 정부와 병원을 향하여 단단히 화가 나 있었던 거지. 입맛도 없어지고 잠도 제대로 못 잔다고 했단다. A가 가만 들어보니 어르신은 애초에 결혼을 한 번도 하지 않은 싱글로, 하던 사업이 어려워지자 빚만 남기고 사업을 접었어. 그 빚을 남동생이 갚아주고는 연락을 끊어버린 바람에 말 그대로 독거노인이 되었지.

어르신은 A의 딸 집 바로 앞에 새로 들어선 3천 세대의 아파트 단지에 신규 입주했는데, 월 5만 5천 원의 월세를 정부에 납부하면 그만이었지. 당시 그 정도 아파트 월세 시세의 10분의 1도 안 되었다고 하더구나. 그것도 정부가 지급하는 월 생활비 55만 원이 있어서 얼마든지 부담할 수 있는 수준이라고 A는 생각했지. 게다가 A의 근무 기간이 일주일 이상이 됐을 때는 정부가 일주일 단위로 쌀 한 번, 반찬 두 번을 보내준다는 것도 알게 되었어. 근무 2주차였던 어버이날에는 자원봉사자가 꽃과 간식을 들고 찾아와 어르신의 가슴에 카네이션을 달아주는 광경도 목격했지. 어르신이 가슴에 꽃을 달아주고 있던 자원봉사자에게 아픈 자신을 쫓아낸 정부와 병원에 대한 원망을 폭탄처럼 퍼부어대자 A는 그 노인을 이렇게 달랬어.

'어르신, 인제 그만 화 풀어요. 가만 보니까 정부가 너무 잘하고 있네요. 이렇게 좋은 아파트도 싸게 빌려주고, 생활비도 주고, 먹을 것도 주고, 저 같은 보호사도 무료로 보내주고, 얼마나 살기 좋은 나라예요. 어르신은 건강하고 행복하게 살기만 하면 되잖아요. 저는 첫 발령에서 어르신 같은 좋은 분을 만나서 너무 감사해요. 저같이 나이 든 사람도 이렇게 일자리를 만들어줬잖아요. 3시간만 일하고도 월 생활비를 벌 수 있어서 요즘 너무 행복해요. 어르신, 저랑 오래오래 건강하고 행복하게 지내요.'

그날로 어르신은 마음이 편안해졌는지 밥도 맛있고 잠도 잘 잔다고 하면서 이렇게 말했대.

'선생님, 그렇게 말씀해주셔서 얼마나 감사한지 몰라요. 선생님께 뭐라도 주고 싶은데 제가 가진 게 없어요. 제가 선생님 힘들지 않

게 해드릴게요. 오래오래 계셔주세요. 여름엔 에어컨도 틀어드릴게요.'

그 후 사회복지센터에서 파견 요양 보호사 중간 점검을 나왔을 때, A는 아주 좋은 결과를 받았어. 사회복지센터에서도 이렇게 말했지.

'그 어르신이 웃으시는 거 처음 봤어요. 두 분 이서 마음 잘 맞춰서 오래오래 하세요.'

사실, A는 너의 외할머니란다. 나는 너희 외할머니 이야기를 듣고 내 엄마라서 자랑스럽기도 했지만 내 미래에 대한 불안이 걷히면서 마음이 가벼워지는 것을 느꼈단다. 심지어 기쁘기도 했단다. 미래와 노후에 대한 걱정과 대비로 지금의 시간을 다 써버리기보다는 마음껏 지금에 충실해도 되겠다는 확신이 들어서 말이다. 너희 외할머니는 그 어르신과 그리 오래오래 함께하지는 못했단다. 그 어르신이 2년 후 세상을 떠났기 때문이란다."

말년에 요양 보호사로 일했던 외할머니의 이야기를 들은 초이는 30년 전엔 이 나라가 복지에 있어서는 호시절이었다는 것과 외할머니도, 어머니도 요양 보호사였다는 사실을 떠올렸다. 요양 보호사라는 직업이 새삼스럽게 느껴졌다. 고령이나 노인성 질환 등으로 일상생활이 어려운 사람에게 도움을 주며, 삶에서 죽음으로 가는 자연스러운 여정을 함께 하는 것도 그 옛날 극장 사장의 둘째 아들이 말한 자연스러운 죽음의 운명으로 연결되는 삶이 아닐까. 초이는 아들과 아내와 남은 인생을 함께하지 못하는 대신 다른 사람의 남은 인생과 함께하는 것으로 여생을 보내겠노라고 다짐했다. 남은 돈을 털어 요양 보호사 자격시험 준비 과정에 접수한 초이는 시험 준비 기간의 생활비를 벌기 위해 마지막 참가가 될 임상시험을 신중히 골랐다.

즐거운 상상

송정진

제 7회 경기히든작가 소설 부문

즐거운 상상

송정진

가끔 숨이 쉬어지지 않았다. 그럴 때는 갑자기 시간이 멈춘 것처럼 세상이 전부 일그러졌다. 허튼수작 부리지 말라고 눈을 부라리던 남편도 막상 미숙이 다리가 풀려 주저앉자 당황한 눈치였다. 그러거나 말거나. 미숙은 가슴을 부여잡으며 이러다 죽을 수도 있겠다고 생각했다. 정신이 혼미해지는 와중에도 남편 얼굴에서 시선을 떼지 못했다. 늙고 주름진 얼굴에서 읽은 건 자신에 대한 걱정이 아닌 어쩔 줄 모르는 낭패감이었다.

여느 때처럼 남편과 다툰 날이었다. 그런 걸 다툼이라고 할 수 있을까. 일방적으로 쏟아지는 막말을 견뎌내는 것을. 세월이 흐르면 무던해질 만도 한데 남편의 막말은 도무지 관성이 되지 않았다. 늘 처음 겪는 것처럼 아프고 서러웠다. 급기야 어느 날부턴가 숨도 쉬어지지 않았다. 아마 남편은 저녁 반찬이 마음에 들지 않았거나 관리비가 평소보다 많이 나왔다고 투덜거렸을 것이다. 적당히 맞춰주면 그만인데 그날은 괜스레 남편과 말도 섞고 싶지 않았다. 어차피 무슨 말을 해도 한번 불붙은 화를 잠재우긴 어려웠다.

남편은 화가 나면 멈출 줄 몰랐다. 걷잡을 수 없는 분노가 그의 혈관을 들끓게 하는 것 같았다. 화를 내면 낼수록 그 화에 도취되어 눈이 더욱 번뜩거렸다. 변명하면 말대꾸하지 말라고 더 화를 냈다. 잘못했다고, 미안하다고 납작 엎드리면 진심이 아닌데 거짓말을 한다며 또 꼭지가 돌아 어느 장단에 맞춰야 할지 몰랐다.

왜 화를 내냐고 하면 대번에 미간부터 좁혔다. 그러고는 폭발하기 직전의 화산처럼 얼굴이 시뻘게져선 아무거나 손에 잡히는 대로 집어 던졌다. 한 번은 유리컵에 맞아 이마가 찢어진 적도 있었다. 미숙의 이마에 흐르는 선연한 피를 보고도 그는 눈 하나 깜짝하지 않았다. 물론 다음 날에는 슬금슬금 그녀의 눈치를 보았다. 그것도 잠시. 미안하다는 말 대신 밥은 언제 주냐는 볼멘소리로 아무 일도 없었다는 듯 굴었다. 뻔뻔하게도.

식탁 상판은 금 간 지 오래였고 의자 다리도 덕지덕지 테이프를 붙인 상태였다. 빛바랜 벽지 곳곳에 김칫국물이 튀어 있었다. 무엇 하나 온전한 것이 없었다. 망가질 대로 망가진 가구와 사물도, 40년 넘게 남편과 살아온 지난 세월도. 그런 잔해 속에서 너덜거리는 영혼을 붙잡은 채 살고 있었다.

실컷 드잡이 한 다음 남편은 보란 듯 소주를 사다 마셨고 밤새 욕지거리를 퍼부었다. 미숙은 방문을 닫고 들어가 끙끙 앓았다. 그는 화를 낸 게 아니었다. 못난 여편네의 잘못을 마땅히 지적하고 시정을 요구하는데 그 못난 여편네가 왜 화를 내냐고 대드니 도저히 참을 수가 없었던 것이다. 결국 모든 건 미숙 때문이었다.

다행히 나이가 들면서 미숙이 남편을 대하는 일에도 제법 요령이 생겼다. 불쏘시개가 될 말은 가급적 하지 말아야 했다. 남편이 뭐라던 그냥 가만히 있는 게 나았다. 왜 입을 꾹 다물고 있냐고 야단법석을 피워도 못 들은 척 설거지를 하거나 차분히 빨래를 갰다. 그러면 남편 혼자 길길이 날뛰다 제풀에 식어버렸다.

남편의 막말로 숨이 쉬어지지 않을 때마다 미숙은 요가 매트 위에서 있는 상상을 했다. 들이마시고 내쉬고, 들이마시고 내쉬고. 숨을 몰아쉬면 호흡이 정상으로 돌아왔다. 공황장애를 의심했지만, 병원에서는 원인을 알 수 없다고 했다. 안경 쓴 젊은 의사는 미숙의 증상을 스트레스라고 진단했다. 심신을 편하게 하라는 말도 잊지 않았다. 헛웃음이 나왔다. 심신이 편해지려면 어떻게 해야 할까. 남편만 없으면 가능하려나.

젊을 때는 사랑받지 못해서 그런다고 생각했다. 남편은 가난한 집 장남으로 태어나 일찍감치 가족을 부양했다. 남편과 결혼한 것도 처지가 비슷하다는 동질감 때문이었다. 서로 아껴가며 오순도순 살 수 있을 줄 알았다. 이처럼 개차반에 제멋대로인 걸 알았다면 결혼 따위는 절대로 하지 않았을 것이다.

후회해도 늦었다. 이제 와 이혼하는 건 결혼 생활이 실패했다는 걸 인정하는 꼴이었다. 지나온 평생을 부정하는 것이었고. 이혼하려면 예전에 했어야 했다. 어린 준영이 제발 아빠와 이혼하라며 흐느꼈을 때, 차라리 그때. 미숙은 그때나 지금이나 이혼할 생각이 전혀 없었다. 준영에게 이혼 가정에서 자랐다는 딱지를 붙이고 싶지 않아서였다.

암, 어림도 없지.

남편을 버리는 일쯤이야 언제든 할 수 있었다. 그저 적당한 때가 오지 않았을 뿐이다. 준영은 어딜 내놔도 번듯한 아들이었다. 그런 아비에게서 나왔다는 것이 믿기지 않을 만큼 모든 면에서 잘나고 똑똑했다. 그러니 그런 아비라도, 아직은 필요했다. 남편은 준영의 상견례 자리에 나가 분위기를 맞추고 결혼식 당일 그럭저럭 사람 좋은 얼굴로 듬직한 혼주 역할을 해내야 할 테니까.

그래, 그때까지는 참을 수 있어.

미숙의 소원은 언젠가 아들이 여자 친구를 데려와 소개하는 것이다. 지금껏 단 한 번도 그런 적 없었지만 아마 착하디착한 그녀의 아들이라면 머잖아 그런 자리를 만들 것이다. 서른일곱 살. 남들은 조금 늦었다고도 했지만 늦었다고 생각할 때가 가장 좋은 때인 법이니까.

"자기, 내 말 듣고 있어?"

미숙은 화들짝 놀라 고개를 들었다. 찻잔을 앞에 두고 영애 씨가 의아한 얼굴로 미숙을 살폈다.

"어지러워? 어디 안 좋은 거 아니지?"

"아니야. 잠깐 딴생각 좀 하느라. 미안해. 우리 어디까지 얘기했지?"

"난 또 어디 아픈가 했지."

즐거운 상상

밉지 않게 눈을 흘기는 영애 씨를 보며 미숙은 가늘게 웃었다. 영애 씨 며느리 이야기를 하던 중이었을 것이다. 영애 씨 며느리라면 결혼식 때 딱 한 번 본 게 다인데 하도 이야기를 많이 들어 마치 잘 아는 사람 같았다. 발단은 어버이날이었다. 맞벌이를 핑계로 기제사도 참여하지 않고 김장도 돕지 않는 며느리였다. 영애 씨는 아들에게 넌지시 가족 여행을 가자고 운을 띄웠는데 그 아들이 며느리 눈치를 보더라고 했다. 며느리가 아니라 꼭 상전 같다며 영애 씨가 입을 비쭉거렸다.

미숙은 남은 커피를 호로록 마셨다. 영애 씨 기분을 풀어주려면 손녀 이야기로 화제를 돌리는 수밖에 없었다. 그러면 영애 씨는 기다렸다는 듯 휴대전화를 꺼내 손녀 사진과 동영상을 들이밀 것이다. 어린아이를 두고 할 말은 아니지만 올해 다섯 살이라는 영애 씨 손녀는 아무리 봐도 인물이 없었다. 영애 씨 아들을 쏙 빼닮았는데 사탕발림이라도 예쁘다는 소리는 도저히 나오지 않았다. 마지못해 귀엽다는 말이 최선이었다.

영애 씨와는 행정복지센터에서 주민 생활 강좌로 개설된 요가 수업을 함께 들었다. 영애 씨가 하도 졸라서였다. 수강료도 저렴한데 전문 요가원 못지않게 프로그램이 좋다면서 호들갑을 떨어댔다. 전문 요가원을 가보지 않아 일단 비교할 수 없었고 어설픈 요가 동작을 따라 하는 제 모습이 생각만 해도 우스꽝스러웠다.

"평소에 숨 쉬는 게 불편하다며. 자기 따로 운동하는 것도 없잖아. 요가하고 오면 어깨도 쫙 풀리고 얼마나 개운한데. 머리도 맑아지고. 난 이제 요가 안 가는 날은 온몸이 다 뻐근하다니까."

손을 내젓던 미숙이 결국 영애 씨를 따라 수강 신청을 한 것은 그곳에 가면 숨 쉬는 법을 제대로 알려준다는 말 때문이었다.

행정복지센터 2층 체력 단련실은 불을 끄고 블라인드를 내려서 그런지 한낮에도 마치 고대 인도의 깊은 동굴처럼 캄캄했다. 이국적인 음악이 낮게 깔리고 한 번도 맡아보지 못한 은은한 향기가 코끝에 스몄다. 삐거덕거리는 마루 위에 발을 딛고 눈치껏 두 손을 모았다. 꼭 기도하는 것 같았다. 강사가 알려주는 갖가지 요가 동작이 영 요상하다고 생각하면서도 남들 하는 대로 열심히 따라했다.

"호흡은 요가의 기본입니다. 들이마시고 내쉬고, 들이마시고 내쉬고. 숨 참지 마시고 호흡에 신경 쓰세요."

요가 동작을 힘겹게 따라 하는 동안 머릿속에 복잡했던 생각들이 온데간데없이 사라졌다. 몸이 유연하지 않아 팔다리가 후들거릴 때도 강사가 시키는 대로 호흡에만 집중했다. 난이도가 높은 요가 동작을 할 때는 자신도 모르게 이를 악물고 숨을 참게 되었다. 미숙은 그럴 때마다 의식적으로 '들이마시고 내쉬고'를 기억했다. 일상에서도 마찬가지였다. 성당에 다니는 영애 씨가 습관처럼 성호를 긋듯이 오직 그 주문만이 미숙에게 숨을 불어넣을 수 있었다.

강사는 아무리 많아야 20대 후반으로 보이는 젊은 여성이었다. 가늘고 긴 목에서 어깨로 이어지는 선이 부드러웠다. 군살 하나 없는 배는 또 얼마나 탄탄한지. 아마 오랜 요가 수련으로 다져진 몸매일 것이다. 미숙은 어둠 속에서 자꾸만 그녀를 흘끗거렸다. 매트 위에 엎드려 있는 동안 남몰래 희고 동그란 발뒤꿈치를 눈에 담았다. 하도 예뻐 손을 뻗어 만져보고 싶다고 생각할 즈음 언제 다가왔는지 강사의 손길이 어깨에 닿았다. 강사는 비뚤어진 미숙의 어깨를 교정해주고 곁을 스쳐 지나갔다. 차분하고 조심스러운 손길이었다.

시선이 자꾸 강사의 얼굴로 향했다. 도자기처럼 뽀얀 피부에 웃을 때마다 두 볼에 보조개가 생겼다. 뉘 집 딸인지 참 예뻤다. 수련에 집중해야 하는데 자꾸 엉뚱한 생각이 들었다. 이런 아가씨가 며느리가 된다면 어떨까. 함께 쇼핑하거나 영화를 보러 가도 좋겠지. 마주 앉아 준영의 어린 시절 이야기를 하거나 가벼운 농담을 던지며 깔깔 웃기도 할 것이다. 그때는 그 나긋나긋한 목소리로 '회원님'이 아니라 '어머니'라 불러줄지도 모른다.

며칠 뒤 준영을 만나면 넌지시 여자 친구가 있는지 물어봐야겠다. 학교 다닐 때는 공부만 하느라 바빴고 대기업 연구원이 된 지금은 일에 치여 여자 만날 틈이나 있을지 모르겠지만.

나의 빛.
미숙의 휴대전화에 저장된 준영의 이름이었다.

결혼을 하고 몇 년 동안 아이가 잘 들어서지 않았다. 대를 끊어놓을 작정이냐며 시어머니와 시누이들이 돌아가면서 삿대질했다. 하루도 마음 편할 날이 없었다. 어렵게 임신해서도 혹시나 딸일까 봐 밤잠을 설쳤다. 삼대독자였던 남편은 준영이 태어나던 날 커다란 과일바구니를 사 들고 왔다. 얼큰하게 취한 얼굴이 그때는 하나도 밉지 않았다. 바구니 속 멜론이며 파인애플은 미숙이 홋배앓이로 고생

하는 동안 시어머니와 시누이들이 다 먹어 치웠지만 세상이 온통 환한 빛으로 가득 찬 것만 같았다. 이 세상에 태어나 가장 잘한 일은 아들을 낳은 것이었다.

먼저 도착한 준영은 깔끔한 셔츠에 딱 떨어지는 슬랙스를 입고 있었다. 준영을 보자마자 반가워 입이 벌어진 미숙은 스스럼없이 아들의 팔짱을 끼고 식당으로 들어갔다. 자리에 앉자마자 준영을 뜯어보는 것도 잊지 않았다. 어딜 보나 눈에 넣어도 아프지 않은 아들이었다. 그런 준영이 사춘기가 되면서 점점 멀어졌다. 시도 때도 없이 엄마를 부르던 입술은 자물쇠가 채워진 듯 굳게 닫혔다. 남편이 큰 소리를 낼 때면 싸우지 말라고 울고불고 매달리더니 어느 순간 이어폰을 꽂은 채 고개를 돌렸다. 마치 부모의 세계로부터 자신을 철저히 차단하듯이.

공부를 잘해 고등학교 때부터 기숙사 생활을 했다. 비평준화 지역에 있는 고등학교에 다녔기 때문이다. 대학교 때도 기숙사 생활을 했고 석박사 졸업 후 대기업에 입사한 뒤로는 오피스텔을 얻어 자취를 했다. 처음에는 미숙이 수시로 들러 청소도 해주고 밑반찬도 가져다주었지만, 준영은 언제부턴가 미숙의 방문을 반기지 않았다. 몇 번인가 집을 옮기면서 미숙도 더 이상 아들이 어디에 사는지 알 수 없었다. 그래도 만날 때마다 포기하지 않고 물었다.

"저 이사했는데 월세 아낄 겸 친구랑 같이 살게 되었어요. 엄마가 드나들면 그 친구가 불편해할 거예요. 계약할 때 서로 사생활은 간섭하지 않기로 했거든요."

"이사했다고? 엄마한테 왜 말 안 했어?"

"그냥요."

"같이 사는 친구는 누군데?"

"대학교 때 친구인데 엄마는 말해도 잘 모를 거예요."

마치 준비해둔 것처럼 또박또박 말할 때마다 어쩔 수 없이 마음 한 구석이 시큰해졌다. 더 이상 품 안의 자식이 아니라는 것을 잘 알면서도 불쑥 어른의 얼굴을 한 아들이 낯설었다. 같이 사는 친구는 누구일까. 여자? 남자? 궁금했지만 한 번 더 묻지 않았다. 꼬치꼬치 캐물어 봐야 준영이 난감할 테니까. 먼저 이야기하기 전까지 기다리는 수밖에 없었다.

미숙은 하고 싶은 말을 목구멍 안으로 삼켰다. 그 대신 집게를 들어 준영 앞에 노릇노릇하게 익은 양념갈비를 한 점 두 점 올려놓았다. 먹는 것만 봐도 흐뭇한 아들이었지만 오늘은 먹는 게 영 시원치 않았다. 준영은 양념갈비는 건드리지도 않고 냉면만 자꾸 휘적거렸다. 다른 걸 먹자고 할 걸 그랬나. 그러고 보니 못 본 새 얼굴이 반쪽이 된 것 같았다. 하고 싶은 말은 많은데 어디서부터 어떻게 해야 할지 막막했다.

"엄마가 요즘 요가 다니거든. 선생님이 얼마나 예쁜지 몰라. 인상도 좋고 어쩜 그렇게 싹싹한지. 딸이 없어서 그런가. 나중에 꼭 그런 며느리를 봤으면 좋겠다니까. 너랑 같이 서 있으면 참 잘 어울릴 것 같아. 다음에 남자친구 있는지 물어보려고 하는데 없다고 하면 한번 만나볼래?"

"아뇨, 엄마. 그러지 마세요. 실례예요."

"농담이야, 농담. 말 나온 김에 요즘 누구 만나는 사람 없어? 엄마 친구 아들들은 다 결혼했는데. 주변에서 준영이는 언제 국수 먹여 주냐고 난리야."

"저, 결혼 생각 없어요."

준영은 젓가락을 내려놓고 미숙을 똑바로 바라보았다. 남편도, 미숙도 전혀 닮지 않았다. 암만 봐도 모르는 얼굴이었다. 이런 얼굴을 할 때는 열 달 동안 품었다가 젖을 물린 제 자식이 맞는지 헷갈릴 정도였다.

"그래, 할 때 되면 하겠지. 네가 어련히 알아서 잘하려고. 그냥 해 본 말이야."

"……"

대화는 맥없이 끊어졌다.

"최근에 아버지한테 연락한 적 있니?"

"아뇨. 바빠서요."

"아무리 바빠도 연락해야지. 전화가 힘들면 카톡이라도 보내고. 잘 지내시냐고, 식사는 하셨냐고. 하나뿐인 아들이잖아, 응? 나중에 후회하지 말고."

"후회할 일 안 해요."

준영은 집게를 들어 제 앞에 놓인 양념갈비를 도로 미숙 앞에 갖다 놓았다. 미숙은 남기는 것이 아까워 산처럼 쌓인 양념갈비를 하나씩 입에 넣었다. 차갑게 식은 양념갈비에서 아무런 맛도 느껴지지 않았다.

준영을 보낸 뒤 천천히 버스 정류장으로 걸어갔다. 산악회에 간 남편은 아마 밤늦게나 돌아올 것이다. 막걸리에 홍어 냄새를 풍기며 잔뜩 흐트러진 모습으로 나타나겠지. 그런 남편을 기다린답시고 일찍 귀가할 생각은 없었다. 날씨가 좋아 조금 걷고 싶었다. 초여름의 공기가 그녀를 감쌌다. 결혼 생각이 없다던 준영의 말이 얹힌 듯 가슴에 걸렸다. 그럴 만도 했다. 부모의 불화를 보며 충분히 괴로웠을 텐데 결혼 생활에 무슨 환상이 있을까. 아들과 데이트한다고 들떴던 마음이 바람 빠진 풍선처럼 쪼그라들었다.

남편에게 여자가 생긴 적이 있었다. 그 사실을 알고도 미숙은 전혀 놀라지 않았다. 준영에게 들키지만 않는다면 상관없었다. 외박이 밥 먹듯 늘어나자 딱 한 번 잔소리를 했다. 남편이 이혼 서류를 내밀까 봐 불안했기 때문이다. 준영은 완전한 가정에서 자라야 했다. 비록 사이는 좋지 않을지언정 부모가 다 있는 그런 가정에서 적어도 겉으로는 행복해 보였으면 했다. 어릴 때 일찍 부모를 여의고 친척 집을 전전하며 자랐던 자신과는 다르게, 더 많이 배우고, 더 많이 가지고, 남부럽지 않게 살기를 바랐다.

준영은 어릴 때부터 아버지를 어려워했다. 제 엄마에게 함부로 하는 아버지가 편할 리 없었다. 커갈수록 노골적으로 적대감을 드러내는 준영에게 미숙은 그러면 안 된다고 말했다. 속으로는 은근히 뿌듯했다. 아들의 애정이 오롯이 자신에게만 향해 있는 것이 좋았다. 저 이상한 남자를 감당하며 사는 것이 마치 숙명이라도 되는 것처럼 그녀는 지금껏 40년 넘는 세월을 살아왔다. 이제 와 바꿀 수 있는 건 아무것도 없었다. 어쩌면 남편을 외로움 속에 늙어 죽게 하는 것이 유일한 복수인지도 몰랐다.

나이가 들수록 남편의 기승스러운 화도 잦아드는 것 같았다. 그렇다고 사람이 바뀐 건 아니었다. 예전처럼 극악스러운 모습은 아니었지만, 짜증과 핀잔은 여전히 시도 때도 없이 날아왔다. 무슨 까닭에선지 그녀는 남편이 자신보다 먼저 죽을 거라고 생각했다. 그 후의 일을 상상하면 콧노래가 절로 나왔다. 그와 살이 맞닿지 않는 자기만의 침대에서 두 다리를 쭉 뻗고 편안하게 잠드는 밤을. 언젠가 주말 드라마에서 본 것처럼 값비싼 크리스털 유리잔에 가득 따른 와인을. 고급스러운 실크 벽지와 아무 흠결 없는 삶을.

웃음이 새어 나올 만큼 즐거운 상상이었다.

집에는 웬일로 남편이 일찍 돌아와 있었다. 산악회에 갔던 게 아니냐고 물으니 남편은 꽉 잠긴 목소리로 병원에 다녀왔다고 했다. 어쩐지 분위기가 심상치 않았다. 혹시나 잘못 건드릴까 봐 말을 아꼈다. 저녁을 먹지 않았다고 해서 부랴부랴 밥상을 차렸다. 국을 데우고 두부를 굽고 김을 잘랐다. 식탁에 앉아 묵묵히 밥을 떠넘기는 남편을 보며 무슨 일이 있기는 있구나 싶었다. 꼭 뭔가를 잃어버린 사람 같았다. 설거지를 하는 동안에도 식탁에서 일어서지 않던 남편이 미숙의 등 뒤에 대고 말했다.

"창섭이가 오늘내일해. 건강한 줄 알았는데…… 글쎄, 폐암이었대."

하마터면 물병을 떨어뜨릴 뻔했다. 창섭은 남편의 고향 친구였다. 나이가 나이인 만큼 가까운 사람들이 병들어 죽는 일이 그리 놀랍지 않았지만, 창섭이라면 이야기가 달랐다. 젊은 시절 허물없이 집에 드나들던 그는 남편 대신 깜빡거리는 전등을 갈아주었고 빈 쌀독에 쌀을 가득 부어놓곤 했다. 준영의 망가진 로봇을 감쪽같이 고쳐준 것도 그였다. 오죽하면 준영 입에서 아저씨가 우리 아빠였으면 좋겠다는 말이 나왔을까.

남편이 며칠째 집에 들어오지 않던 때였다. 미숙의 생일인 것을 알고 찾아왔는지 무심히 사과 상자를 놓고 돌아서던 그에게 어쩐지 투정을 부리고 싶었다. 그래서 저녁이나 먹고 가라며 옷깃을 잡았다. 준영과 셋이 둘러앉은 식탁은 그 어느 때보다 단란했다. 오래전 미숙이 꿈꿨던 가족의 모습이었다. 부지런히 숟가락을 움직이는 남자가 남편이 아닌 남편 친구라는 것이 아쉬울 뿐. 준영이 아빠가 집에 안 온다며 우는소리를 하자 창섭은 땅이 꺼져라 한숨을 푹 내쉬었다.

"…… 미숙 씨, 왜 그런 놈이랑 살아요? 더 좋은 사람도 얼마든지 있을 텐데."

"누구요? 창섭 씨 같은 사람?"

농담처럼 던진 말에 움찔하던 표정이 생생하게 떠올랐다. 그뿐이었다. 어떻게 설득했는지 창섭은 며칠 뒤 남편을 집으로 데려왔고 이듬해 중매로 만난 여자와 결혼식을 올렸다. 부부 동반 모임에서, 연말 송년회에서, 자식들의 결혼식에서 종종 그를 만났다. 그는 아내를 소중하게 대했고 아이도 셋이나 낳았다. 예상했던 대로였다. 밥을 먹다가 아내의 컵에 물을 따라주고 흘러내린 머리카락을 귀 뒤로 넘겨주는 그를 외면하느라 얼마나 힘들었는지.

암에 걸려야 할 사람은 남편이었다. 술, 담배도 안 하던 창섭이 아니라. 그런 생각을 하는 스스로가 무서워서 미숙은 부러 남편에게 과일을 깎아주고 쌍화차도 타 주었다. 이제부터 당신도 술, 담배를 끊고 운동 좀 하라고 걱정하는 척 타일렀다. 건강관리를 잘해서 오래오래 살아야 며느리도 보고 손자 손녀도 보지 않겠냐고. 무엇이 진심이고 무엇이 거짓인지 이제는 미숙도 혼란스러웠다. 하긴 늘 거짓 속에 살아와서 구태여 진심을 꺼내 볼 필요도 없었다.

"미숙 씨, 나 엊그제 뮤지컬 보고 왔잖아! 그런데 공연장 주차장에서 누굴 봤는지 알아?"

"누구?"

"우리 요가 선생님!"

요가 매트를 펼치던 미숙의 귀에 영애 씨가 엄청난 비밀이라도 알려주는 것처럼 속삭였다. 그게 뭐 대수롭다고 저렇게 두 눈이 동그래져서 이야기할까. 미숙의 심드렁한 반응에 영애 씨가 간격을 좁혀왔다.

"주차장에서 어떤 남자랑 걸어가는데 남자친구인지, 남편인지 둘이 굉장히 잘 어울리더라고. 선남선녀였어. 그런데……"

"……?"

"요즘 젊은 사람들은 확실히 개방적이야. 둘이 걸어가면서 뽀뽀를 얼마나 진하게 하는지! 뒤에서 보던 나랑 남편만 멋쩍어 혼났다니까."

웃음을 참지 못하던 영애 씨는 강사가 들어오자 언제 그랬냐는 듯 자기 자리로 돌아갔다. 괜한 말을 들었다. 머리를 가지런히 틀어 올리고 말갛게 웃는 강사의 얼굴이 가식적으로 보였다. 순 내숭은. 얼굴 예쁜 값을 하는 거겠지. 그러고 보면 요가 강사라는 직업이 자격증만 따면 누구나 할 수 있는 일 아닌가. 명문대 석박사 출신인 아들과 붙이다니 처음부터 말도 안 됐다. 아들 말마따나 괜한 오지랖을 부릴 뻔했다.

그날따라 왜 하필 그동안 보이지 않던 강사의 타투가 눈에 띈 걸까. 발목을 감싸고 올라가는 넝쿨이 제법 정교했다. 한 번 밉보이니 모든 게 다 별로였다. 세상에, 남들 다 보는 주차장에서 애정 행각이라니. 몸에다 저렇게 요사스러운 타투라니. 일등 신붓감처럼 참하게만 보였던 강사가 갑자기 어디서 굴러먹었는지 모를 가벼운 여자처럼 느껴졌다. 그날 미숙은 강사와 단 한 번도 눈을 마주치지 않았다.

오이지를 담갔다. 누름돌로 눌러 둔 오이는 금세 쪼글쪼글해졌다. 쫑쫑 썰어 양념에 무쳐도 좋고 국물을 부어 시원하게 먹어도 그만이었다. 오이지를 무치다가 준영 생각이 났다. 찬물에 밥을 말아 오이지무침을 얹어 먹는 걸 그렇게 좋아하던 아들이었다. 생각난 김에 카톡을 보냈다.

"오이지무침 했는데 좀 가져갈래?"

"괜찮아요."

으레 거절할 줄 알았다. 독립한 뒤 준영은 좀처럼 집에 오는 법이 없었다. 남편과 마주치기 싫어서일 것이다. 남편이 없는 시간에 불러도 마찬가지였다. 한 번쯤 갓 지은 밥에 준영이 좋아하는 반찬들로 식사를 차려주고 싶었다. 무슨 일인지 몰라도 지난번 보았을 때 얼굴이 쏙 내린 게 신경이 쓰였다. 밖에서 아무리 끼니를 잘 챙겨도 엄마가 해준 밥만 못할 것이다. 회사 구내식당에서 먹는 밥과 배달 음식이 엄마 솜씨를 따라갈까.

어릴 때 준영은 미숙이 우울한 얼굴로 넋을 놓고 앉아 있으면 갑자기 등 뒤에서 눈을 가렸다.

"엄마, 내가 깜짝 선물 줄게. 하나, 둘, 셋 하면 눈 떠봐."

"하나, 둘, 셋."

"짜잔!"

조그만 두 손에 쥐어진 것은 밖에서 꺾어온 민들레거나 사랑한다고 쓴 작은 쪽지 따위였다. 딱지나 비행기를 접어줄 때도 있었다. 그때는 몰랐다. 그것만으로도 충분했다는 것을. 별안간 눈시울이 뜨거워졌다. 나이가 드니 시도 때도 없이 눈물이 났다. 그러고 보니 조만간 준영의 생일이었다. 미숙은 생일 핑계로 준영을 만나러 가야겠다고 생각했다. 이번에는 미숙이 아들에게 깜짝 선물을 해줄 차례였다.

생일 전날부터 부지런히 장을 봐서 음식을 장만했다. 전복 미역국을 끓이고 불고기, 잡채, 모둠전을 만들었다. 오이지무침, 어묵볶음, 장조림은 반찬통에 따로 담았다. 정성껏 준비한 음식을 두 손 가득 쇼핑백에 나눠 들었다. 점심시간에 맞춰 회사로 갖다주기만 하고 올 생각이었다. 준영의 회사는 버스와 지하철을 갈아타고 1시간쯤 걸리는 위치에 있었다. 그런데 회사 앞에서 한참을 기다려도 준영은 전화를 받지 않았다. 혹시 출장을 갔을지도 모르는데 무작정 찾아온 것이 후회되었다. 카톡이라도 남기고 출발할 걸 그랬다.

머리 위로 햇볕이 내리쬐었다. 땡볕 더위는 아니지만 음식이 상하지 않을까 조바심이 났다. 콧잔등에 땀이 맺혔다. 등줄기는 벌써 후줄근하게 젖었다.

준영에게 전화가 온 것은 회사 앞에서 30분쯤 기다렸을 때였다.

"준영아! 엄마 지금 회사 앞이야. 생일이라서 미역국 좀 끓여왔어. 일부러 점심시간에 맞춰 왔는데 왜 이렇게 연락이 안 돼?"

"엄마. 연락도 없이 다짜고짜 찾아오시면 어떡해요."

반겨줄 거라는 기대는 안 했지만 이렇게 서늘한 목소리일 줄은 몰랐다.

"……밥도 못 먹을 정도로 바빠? 생일인데 우리 아들 밥 좀 먹이고 싶어서 그랬지."

"저 오늘 휴가라 집에 있어요."

"그래? 그럼 엄마가 집 근처로 갈게. 잠깐이면 돼."

"아뇨. 제가, 제가 갈게요."

집 근처로 간다는 말에 허둥거리는 것이 느껴졌다. 아무래도 같이 산다는 친구가 걸렸다. 혹시 부모 모르게 여자랑 동거라도 하는 것일까. 서른일곱. 자기 인생에 충분히 책임질 수 있는 나이니 상관없었다. 차라리 더 늦기 전에 결혼하지, 왜……

생각에 생각이 꼬리를 물었다. 얼마나 기다렸을까. 준영이 헐레벌떡 택시에서 내렸다. 집에 있었다더니 편안한 트레이닝복 차림이었다. 멀리서 보면 대학생이라고 해도 믿을 것 같았다.

"엄마, 이 더운 날씨에 이렇게까지 안 해도 되는데."

"이 더운 날씨에 널 낳느라 얼마나 힘들었는지는 알고?"

미숙은 팔꿈치로 아들의 팔을 툭 쳤다.

"집이 여기서 얼마나 걸려? 잠깐 들렀다 가자. 엄마 물 한 잔만 줘. 냉장고에 반찬도 넣고 겸사겸사 너 어떻게 사는지 좀 보게."

"제가 요 앞에서 마실 거 사드릴게요. 집은 엉망이라 안 돼요."

"뭐 어때. 엄마가 치워줄게."

"엄마!"

이마를 구기며 발끈하는 게 점점 더 수상했다. 아들 사는 집에 잠깐 들른다는 게 그렇게 안 될 일인지. 그럴 때는 꼭 제 아버지 얼굴이 나왔다. 미숙도 오늘은 이대로 돌아갈 수 없다고 생각해 고집을 부렸다. 한참 실랑이하던 준영은 딱딱하게 굳은 얼굴로 어딘가에 전화했다. 그러더니 떨떠름한 표정으로 미숙의 방문을 허락했다. 미숙은 속없이 설렜다. 견고한 성벽 같아 우리를 수조차 없던 아들의 영역에 드디어 발을 딛는 순간이었다. 남편이라면 절대로 허락되지 않았을 것이다. 역시 찾아오길 잘했다. 길에서 버린 시간도 전혀 아깝지 않았다.

택시 옆자리에 앉은 준영은 말없이 창밖만 보고 있었다. 언제였더라. 준영이 엄마를 밀어내기 시작한 것이. 아마 사춘기를 겪으면서부터일 것이다. 어린 아들은 남자가 되었다. 목소리가 굵어졌을 뿐아니라 남편보다 키가 한 뼘은 더 컸다. 그동안 올려다보던 많은 것들을 위에서 내려다보면서 고분고분했던 태도가 조금씩 달라졌다.

엄마가 모르는 비밀이 생기는 것도 당연했다. 점점 말수가 줄어들고 눈도 마주치지 않는 것이 그때는 다 성장 과정일 뿐이라고 생각했다.

한 번 멀어진 거리는 좀처럼 좁혀지지 않았다. 사춘기는 진작 끝났을 텐데 집을 떠난 아들은 두 번 다시 돌아오지 않았다. 언제든 손을 내밀면 잡힐 거리에 있으면서도 예전처럼 엄마를 부르며 재잘대지도, 사랑한다고 안아주지도 않았다. 어른이 된 준영의 곁에 이제 엄마가 아니라 아내가 있어야 할 나이라는 것을 잘 알고 있었다. 그래서 간절히 바라지 않았던가. 아들의 결혼과 행복을.

"어머니, 안녕하세요."

준영 또래의 남자가 꾸벅 고개를 숙였다. 미숙은 쇼핑백을 든 채로 엉거주춤 현관에 멈춰 섰다. 남자와 준영이 미숙 모르게 서로 눈짓을 주고받았다. 오랜 세월 알고 지낸 친밀한 분위기가 느껴졌다. 혹시 동거하는 여자가 있을지도 모른다고 생각했는데 남자였다니. 준영의 대학 친구라고 했던 게 기억났다. 대학 친구라면 준영이 입대했을 때 훈련소에서나 졸업장을 받던 학위 수여식에서 본 적이 있을 것이다. 하지만 아무리 기억하려 해도 떠오르지 않았다.

남자는 해사하게 웃으며 미숙에게 안으로 들어오라고 권했다. 마치 자기 집인 것처럼. 미숙은 신발도 벗지 못하고 그 자리에 얼어붙은 듯 서 있었다. 준영이야 생일이니 하루쯤 휴가를 낼 수 있지만 저 남자는 왜 평일 이 시간에 집에 있는 거지. 친구 생일에 덩달아 휴가를 낼만큼 한가한가. 혹시 프리랜서인가. 머릿속이 혼란스러웠다.

어쨌거나 빨리 이 공간을 벗어나야 한다는 사실만은 분명했다. 그토록 가고 싶었던 아들 집이 단 한 순간도 머물고 싶지 않은 곳이 될 줄이야.

"엄마가 잘못 온 것 같네. 친구가 집에 있는 줄 알았으면 안 왔을 텐데."

혼잣말처럼 중얼거린 미숙은 서둘러 몸을 돌렸다. 어찌나 급했는지 쇼핑백을 그대로 든 채였다. 준영이 곧바로 미숙을 따라 나왔다.

"엄마 갈게. 나오지 마."

"엄마!"

준영에게 뭔가 할 말이 있는 눈치였다. 불길한 예감이 들었다. 한때는 아들 목소리를 듣고 싶어 시답잖은 농담을 건넨 적도 있는데 지금 이 순간은 아무 말도, 아무것도. 귀를 막으면 들리지 않을까. 미숙은 눈을 질끈 감았다.

"너, 선볼래? 엄마 친구 영애 아줌마 알지? 그 아줌마가 워낙 오지랖이 넓잖아. 전부터 중매 선다고 했는데 너 불편해할까 봐 엄마가 계속 거절했거든. 사실 엄마 눈에 차지도 않았어. 지금 생각해보니 잘못한 것 같네. 일단 누구든 만나보라고 할걸."

"……"

"다음 주에 하루 정도 시간 낼 수 있지?"

초조한 미숙과 달리 준영은 아무 감흥 없는 눈빛으로 제 엄마를 바라봤다.

"엄마, 지난번에 말했던 것처럼 저 결혼 생각 없어요. 말씀드리려고 했는데 다음 달에 출국해요. 미국 지사에서 일할 거예요. 저에게 무척 좋은 기회고, 이번에 가면 당분간 언제 돌아올지 몰라요. 앞으로 계속 해외 근무만 할 생각이거든요."

마지막 말은 영원히 듣지 말았어야 했다.

"우진이도 같이 갈 거예요."

미숙은 부들부들 떨며 길 한복판에서 준영을 정신없이 떠밀었다. 퍽, 퍽 소리 나게 때렸다. 어릴 때부터 매 한 번 든 적 없는 귀한 아들이었다는 것도 잊고 단단한 팔과 어깨를, 등과 허리를 손바닥으로 사정없이 내리쳤다. 준영은 꼼짝하지 않고 묵묵히 맞기만 했다. 제 풀에 지친 미숙이 힘없이 돌아서는데 달려와 잡지도 않았다.

'네가 어떻게 그럴 수 있어?'

차마 내뱉지 못한 말이 혀끝에 맴돌았다.

'내가 너를 어떻게 키웠는데!'

예전에도 비슷한 말을 했던 게 떠올랐다.

준영은 또래 아이들보다 순하고 영리했다. 그래도 아이답게 미숙의 속을 뒤집어 놓을 때가 있었다. 그럴 때마다 미숙은 차갑게 쏘아붙였다.

엄마 말 안 들을래? 내가 너를 어떻게 키웠는데! 네 아버지 하나만으로도 지긋지긋한데 너까지 꼭 이래야겠어?

몇 번이나 집을 나갈 결심을 했지만 결국 문밖을 나서지 못했다. 언제나 그렇듯 준영 때문이었다. 준영이 이혼을 권했을 때 미숙은 못 들을 말을 들었다는 듯 코웃음 쳤다.

나중에 너 결혼하는 것 보고. 그때까지만 참고 나도 다 끝낼 거야.

이혼 가정에서 자랐다고 하면 다들 널 얼마나 깔보겠니.

거짓말. 준영은 그녀가 계속 핑계를 댄다는 것을 알고 있었을 것이다. 떠나려던 엄마는 언제나 준영을 돌아봤으니까. 아니, 그건 애초에 경고였다.

이것 봐. 나는 언제든 널 떠날 수 있어. 그러니 엄마 말 잘 들으렴. 엄마를 슬프게 하면 안 돼. 엄마에겐 이 세상에 너밖에 없어.

그때는 몰랐지, 떠나는 사람이 네가 될 줄은.

불도 켜지 않은 너저분한 집 꼴이 우스웠다. 개수대에 잔뜩 쌓인 설거지, 시끄럽게 왕왕 떠들어대는 TV, 아무렇게나 벗어둔 양말, 옷가지, 그리고 남편의 비루한 몸뚱이가 차례대로 눈에 들어왔다. 남편은 코를 골고 소파에 누워 자고 있었다. 어디서 마셨는지 술 냄새가 풀풀 풍겼다. 한 번 잠들면 세상이 무너져도 몰랐다. 수면무호흡증 때문에 규칙적으로 코를 골다가도 이따금 멈출 때가 있었다. 그러다 죽을 수도 있다는데 남편은 죽지 않았다. 좀비처럼 깨어나 미숙을 괴롭혔다.

……지겹다.

옷도 갈아입지 않고 식탁 의자에 털썩 앉았다. 텅 빈 집을 새삼 둘러보았다. 여기저기 손볼 곳이 많았다. 가을이 되기 전에 깨끗하게 도배하고 망가진 가구를 죄다 새것으로 바꿀 것이다. TV도 더 큰 사양으로 바꾸고 싶다. 냉장고도 최신식으로 바꾸고. 차라리 이참에 새 아파트로 이사하는 것도 좋겠다. 영애 씨네 집처럼 베란다에 근사한 티 테이블을 놓으면 어떨까. 이것 봐, 우리도 남부럽지 않게 살 수 있어. 기꺼이 준영에게 자랑할 것이다.

젊을 때 물이 새는 집에 산 적이 있다. 비가 오면 젖은 천장에서 계속 물이 떨어졌다. 허둥지둥 양푼과 대야를 가져다 바닥에 받쳐 놓았고 가득 찬 빗물을 내다 버리며 날이 개기를 기다렸다. 그런 게 삶이라고 여겼다. 다들 그렇게 산다고 믿었고. 집안 곳곳의 균열과 불행의 전조처럼 피어나는 곰팡이를 어떻게든 감추면 그만일 줄 알았다. 형편이 나아져 그럴듯한 집에 살게 되었는데 왜 자꾸 요즘도 비를 맞는 기분이 드는 걸까.

아들은 금세 돌아올 것이다. 모든 게 장난이었다고 웃으면서. 그러면 너그럽게 안아줘야지. 지독한 장난이긴 했지만, 까짓 용서 못 할 것도 없었다. 준영은 미숙의 소중한 아들이니까.

따지고 보면 이 모든 게 다 남편 때문이었다. 남편이 아니었다면 준영이 밖으로 돌 일은 없었을 것이다. 천천히 남편에게 다가가 어둠 속에 잠긴 얼굴을 가만히 내려다보았다. 잠든 얼굴마저 고집스러워 보였다. 소파 위에 놓여 있던 쿠션을 손에 쥐었다. 십자수로 결혼기념일을 새긴 낡은 쿠션이었다. 쿠션으로 남편 얼굴을 있는 힘껏 짓눌렀다. 버둥거리지 못하도록 온몸으로 압박하면서.

영원히 깨어나지 않으면 좋겠다. 바라는 건 그뿐이었다. 영영 일어나지 못하도록, 다시는 그녀의 삶을 휘젓지 못하도록. 미숙은 깊이 숨을 들이마셨다. 그런 다음 길게 참아온 숨을 내뱉었다.

오랫동안 기다린 즐거운 상상이었다.

AI 기자

유은정

제 7회 경기히든작가 소설 부문

AI 기자

유은정

3일 전 나, 인간 진소희는 AI(Artificial Intelligence · 인공지능) 기자로 인사이동을 받았다. 이후 AI 로봇인 척 기사를 쓰고 있다. AI 기자는 인공지능 기술로 수많은 데이터를 분석해 기사를 작성하는 로봇 기자를 뜻한다. 독자들은 로봇이 작성한 기사인 줄 알지만, 실체는 사람이 쓴 기사다.

지난주 금요일까지만 하더라도 나는 '기레기[1]'라고 불리며 실시간 검색어 기사를 쏟아내는 온라인 기자였다. 그런데 기레기에서 벗어나니 이제 로봇이다. 어딜 가나 제대로 된 대우를 못 받는다. 어차피 온라인 기사를 쓸 때도 '[국보신문 온라인 기자]'라고 바이라인[2]이 나갔다. 달라지는 건 크게 없다. '[국보신문 AI 기자]'라고

---

1) 기자와 쓰레기를 합친 신조어.
2) 신문 기사 등에서 자신의 이름을 밝힌 줄. 보통 언론 매체명 다음에 기자 이름을 넣는다.

바뀔 뿐이다. 그렇게 다시 한번 기사에서 이름을 잃었다.

"AI 기자는 진소희 기자가 한 번 해보지, 뭐." 바쁘지만 지루한 사무실의 정적을 깨고 고 부장이 '툭' 말을 꺼냈다. 마치 '오늘 점심 메뉴는 무엇으로 할까' 라는 말투로. 이 신문사에서 온라인 기자로 일한 지 1년 반. 지난주 금요일 고 부장의 이 말 한마디에 나의 보직은 온라인 기자에서 AI 기자로 바뀌었다.

"아…… 부장. 뭐라고요? AI 기자요?"

모니터 앞에 앉아 목만 돌려 고 부장의 얼굴을 쳐다봤다. 잘못 들은 건가 싶어 잠시 눈을 끔뻑거렸는데, 대구하는 소리가 없다. 잠시 심호흡을 쉬어 일렁이는 감정을 가까스로 눌러본다.

"아니, 진 기자도 알다시피 요새 포털사이트가 온라인 기사 검열을 빡세게 하고 있잖아. 자극적이거나 팩트 체크 안 한 기사에 벌점 막 주고. 우리 회사도 5월인데 벌써 벌점 2점이나 먹었어. 그래서 일단 온라인 기사 수 좀 줄이고 4차 산업 시대에 맞게 앞서나가는 분위기. 뭐, 그런 거로 좀 바꿔보려고."

고 부장은 아까 점심으로 먹었던 해장국이 올라왔는지 잠시 트림을 삼키고 말을 이어간다.

"위에서 AI 기사 작성 서비스를 도입하라는데, 우리가 돈이 어디 있어. 그래서 온라인 기자 중에 손 빠른 기자 한 명 뽑아서 'AI 기자' 바이라인 달고 기사 작성하기로 했어. 진 기자가 뽑혔고. 괜찮지?"

뱅긋 웃으며 고 부장의 입꼬리가 살짝 올라가자 살찐 볼살이 안경

아랫부분에 닿는다. 너무 길어 관자놀이에 닿을 듯 거슬리는 눈썹도 꿈틀댄다. 고 부장의 얼굴을 더는 보기 어려워져 눈을 피한다. 실시간 검색어가 초 단위로 바뀌는 포털사이트 화면을 바라보며 어떤 말로 거절해야 할지 재빨리 머리를 굴리지만, 방도가 떠오르지 않는다. 이 사무실에 있는 사람들 모두 한낱 회사원일 뿐. 그저께 어머니 생신날 긁은 카드값이 순간 머리에 스쳐 지나간다.

"부장, 저 이제 겨우 온라인 기사 쓰는 데 익숙해졌는데⋯⋯. 너무 갑자기인데요? 무엇보다 AI처럼 기사를 쓰다니요. 제가 손이 좀 빨라도 컴퓨터만 할까요."

"그건 미안하게 됐는데, 아무튼 그렇게 결정됐어. 대신 진 기자가 고생하는 만큼 온라인 부서에 이번 달 인센티브가 조금 들어갈 거야. 위에서도 나름 배려해 준 거야. 이해해 줘."

개인 인센티브도 아닌, 팀 인센티브. 조금이라고 하니 팀원별로 떨어지는 액수는 그래봤자 10만 원도 안 될 것이다. 부장을 향해 항의하려고 하는 찰나, 나를 향한 4개의 눈동자가 등 뒤로 느껴진다. 동료의 갑작스러운 인사이동보다 오랜만에 내려지는 인센티브 가능성에 신경이 곤두서는 2명의 계약직 기자. 운이 좋아 이번 인사는 피했지만, 그들 역시 내가 될 수 있었다.

"알겠습니다. 부장. 대신 적응 못 하면 다른 기자도 이 자리에 올 수 있는 겁니다. 저만 독박하는 건 아닙니다. 약속해 주세요. 그건."

대부분의 직장 생활이 그러하듯이 부장이 처음 말을 꺼낼 때부터 결론은 이미 정해져 있었다. 가슴에 사직서를 품고 다니는 회사원이 아니고서야 '싫다'고 대놓고 말할 수 있을까. 하물며 계약 만료를 코앞에 둔 계약직 직원이라면 자연스러운 순종은 선택이 아닌 필수다.

 오전 8시. 출근길에 사 온 아이스 아메리카노를 들고 자리에 앉는다. 아이스 아메리카노를 한 모금 마시자, 시원함에 머릿골이 띵 울린다. 말리지 않은 짧은 머리 때문인지 커피가 목구멍을 타고 식도 아래로 내려가면서 서늘한 기운이 금세 온몸을 감돈다. 굽 없는 반스 운동화를 벗어 던지고 양말 신은 발에 최대한의 자유를 허용하는 검은색 삼선 슬리퍼로 갈아신는다. 도수 없는 두꺼운 블루라이트 차단 안경으로 흐리멍덩한 눈동자를 가리고 책상 서랍에서 사무실 근무 아이템들을 주섬주섬 꺼낸다. 손목 보호대 쿠션을 오른쪽 손목 아래에 두고 분무 성능은 떨어지지만, 그마저 없으면 아쉬울 미니 가습기 버튼을 누르면 비로소 근무 준비가 끝이다.
 출근하자마자 사무실로 걸려 온 전화에 이유 모를 불길함을 느끼며 전화를 받는다. 민원 전화다. 오전 8시부터 민원 전화가 오는 곳이 바로 신문사다. 오늘 자 조간신문에 실린 사진기사에 본인의 얼굴이 실려 초상권 피해를 봤단다. 지면을 펼쳐 확인해 보니, 기사 글씨 크기로 남자의 얼굴이 나와 있다. 가까이서 봐도, 누군지 분별하기 어려워 보인다. 데스크와 얘기해 본 뒤 다시 연락한다고 정중히 말하지만, 전화가 너머에선 이미 화가 잔뜩 난 음성이 들려온다. 죄송하단 말을 5번 넘게 반복하고 나서야 수화기를 놓을 수 있었다. 출근한 지 10분을 넘기지 않고 아메리카노가 반이나 줄어 있다. 독자 전화를 받는 신문사의 대표 번호를 온라인 부서로 연결해 둔 회사의 저의는 무엇일까. 마그네슘 부족으로 갑자기 사정없이 떨리는 눈꺼풀을 진정시키려고 눈 옆을 손가락으로 꾹 눌러본다.

사내 메신저를 켜서 사진부 부장에게 메시지를 보내둔다. 최대한 정중하고 심기를 거슬리지 않는 말투로 독자 전화 내용을 간략히 정리해 전달한다. 잠시 뒤 답장이 온다. '오케이' 세 글자다. 다시 전화가 오면 어떻게 하라는 지시조차 없다. 답답한 기분이 들어 숨을 크게 들이마신다. 흐물흐물해진 종이 빨대로 커피를 마시는 기분이다.

출발부터 초라하진 않았다. 대학 시절 '졸업한 뒤 뭐 하고 싶으세요?'라고 물으면 '온라인 기자'라고 답할 정도로 변변찮은 20대를 보내지 않았다. 짧다면 짧은 28세 인생에서 가장 반짝거린 시절을 떠올리면 대학 시절이었다. 그 시절 노트북과 녹음기를 분신처럼 가지고 다녔다. 대학을 입학했을 때부터 분명했던 나의 꿈을 이루기 위해 늘 바지런했다. 그 꿈이란 '신문 기자'였다. 대학 시절 동기들은 나를 두고 '항상 무엇인가를 하는 아이'라고 표현했다. 도서관에서 책을 읽고 있어도, 카페에서 또래가 아닌 선배들과 커피를 마시고 있으면 '기자가 되려고 또 바쁘게 준비하나 보다'고 말했다.

왜 기자가 되고 싶었을까. 잠을 줄여가며 공부하던 고등학생 시절, 버스에서 읽은 한 편의 기사가 내 인생을 송두리째 뒤엎었다. 사실이 주는 힘. 거짓을 가미하지 않고 사실 그 자체를 사회에 전달하는 메신저 역할을 하고 싶었다. 영향력 있는 기사로 사회적 문제점을 보여주고 그것이 여론화돼 제도나 법까지 바뀌는 모습을 보면서 나

역시 그런 일을 하고 싶었다. 누구보다 잘할 자신이 있었다.

기자가 되기로 결심한 뒤부터 인생은 그 꿈을 이루기 위한 과정으로 굴러갔다. '단독·특종 기사'를 쓰는 기자가 되기를 간절히 원했다. 4학년이 되자 이른바 '언론고시'라고 불리는 언론사 입사 시험을 준비하면서 꿈에 다가가려고 애썼다. 하지만 현실은 녹록하지 않았다. 1년을 꼬박 1차 시험에서 떨어졌다. 그러다 1년이 지나고 나서야 2차 실기 전형에 올라가는 일이 생겼다. 하지만 이마저도 연거푸 최종 전형에서 떨어지자 점차 1차 시험에도 붙기 어려웠다.

그때쯤 아버지도 정년퇴직하고 집안에서 경제적 지원도 끊어지면서 현실적인 방안을 찾아야 했다. 밥벌이해야 했다. 공채가 아닌, 언론사에 수월하게 들어가는 방법. 바로 계약직 온라인 기자였다. 언론사 입사를 위해 준비한 최소한의 자격증과 중소 언론사의 인턴 경험이 전부인 내게 온라인 기자는 당시 돈을 벌 수 있는 최선의 선택이었다. 졸업 후 3년 넘게 백수로 수험생활하는 나를 받아줄 회사는 이곳이 유일했다.

이후 출입처[3] 기자실이 아닌, 회사 사무실로 출근했다. 발로 뛰지 않고, 눈으로 실시간 검색어를 보고 기사를 작성했다. 'A 가수 프로포폴 복용 사실 밝혀져', 'B 국가대표 선수 과거 학교폭력 논란 불거져', 'C 아프리카 BJ 이혼한 충격 이유는' 등등 자극적인 제목의 기사를 줄줄이 써 내려갔다. 이마저도 내 이름을 포함한 바이라인을

---

3) 기자가 취재를 담당하는 구역으로 신문, 방송, 라디오 및 인터넷 뉴스 기자들은 각자 정해진 출입처가 있는 경우가 많다.

달 수도 없었다.

온라인 기자로 일하면서 펜 기자[4]가 되는 준비를 하자고 현실과 타협했다. 온라인 기자도 어쨌든 기자니깐, 같은 신문사를 다니면서 선후배의 기사와 취재 환경을 체험할 수 있으니 도움이 될 거라고 스스로 다독였다. 잠시 미룬 것뿐이다. 다시 준비될 때 접어둔 꿈을 펼치자고 다짐했다.

휴대전화 진동벨이 울렸다. 액정에 '차 경위님'이란 글씨가 떠 있었다. 그것만으로도 고마운 마음이 들었다. 이 순간 진짜 어른이라고 여기는 인생 선배에게 전화가 온 것만으로도 진동벨 울리듯 요동치던 내 마음이 진정되는 것 같았다. 차 경위는 다른 언론사에서 인턴 기자로 일하던 때 만난 경찰관이다. 지금까지 인연이 닿아 가끔 전화하며 안부를 묻곤 한다.

"아, 경위님. 오랜만입니다. 잘 지내시죠. 저 아직 온라인 부서에 있어요. 네. 네. 알려주실 게 있으시다고요? 잠시만요. 사무실 밖에 나가서 받을게요." 비록 내 이름조차 기사에 실지 못하는 처지지만 이러한 사실을 모르는 경위님은 기삿거리를 주었다. 이걸 어떻게 쓰지. 머릿속이 다시 복잡해졌다.

---

4) 기자 중에서도 지면으로 나오는 신문사에서 일하는 기자를 뜻하는 은어.

> ## [개장 시황] 코스피, 1.09% 내린 2591.43··· 약세 출발
>
> 코스피 지수는 30일 원화 약세 심화에 따라 하락세로 출발했다. 이날 한국거래소에 따르면 코스피는 전 거래일(2620.06)보다 1.09%(28.43포인트) 내린 2591.43으로 거래를 시작했다. 코스닥 지수도 전 거래일 대비 0.24% 하락한 825.35에 개장했다.
>
> [국보신문 AI 기자]

이제 내가 기자인지, 아니면 로봇인지 헷갈린다. AI 기자로 보직이 변경된 지 3일 차. 출근한 지 1시간 30분밖에 지나지 않았는데 벌써 8개의 기사를 출고했다. 기사를 작성하는 건 인간 진소희지만, 독자들은 로봇이 작성한 AI 기사로 알고 있어서 빠르게 기사를 올려야 한다. 아침부터 머리가 아픈 이유다.

로봇이 인간 고유의 업무를 하나씩 해내고 일정 영역에선 인간의 능력을 뛰어 넘어섰다. 무인 자동차 자율주행은 이미 현실화됐고, 이세돌 9단도 5회에 걸친 인공지능 알파고와의 대국에서 1판만 이겼을 뿐이다. 출근한 이후 올려둔 기사가 제대로 나갔나 확인하려고 회사 홈페이지에 접속한다. 그러자 곧장 팝업 창이 뜬다. 그저께 고 부장이 그래픽 팀에 지시해 제작한 팝업 창이다.

〈알립니다〉

**국보신문이 AI 기사 서비스를 시작합니다.
더 빠르고 더 정확한 기사로
독자 여러분을 찾아뵙겠습니다!**

* AI 기사는 수많은 데이터를 자동으로 분석해
인공지능(AI) 로봇이 작성한 기사입니다.

* AI 기자가 작성한 기사에서 [국보신문 AI 기자]
바이라인을 확인할 수 있습니다.

이렇게 대대적으로 홍보하면서 시작하는 서비스인데 시작부터 제대로 꼬여버렸다. 시스템을 도입하는 데 비용과 시간이 들 테지만 회사는 그 정도 투자도 하지 않았다. 심지어 멀쩡한 인간을 로봇으로 만들었다. 언론의 위기를 극복하기 위해 다른 언론사들은 정공법으로 콘텐츠 개선을 위해 투자를 확대했다. 이 회사는 아니었다. 사실을 바탕으로 정확하고 공정한 보도를 사명으로 삼은 신문사가 뒤에서는 독자를 기만하고 꼼수를 쓰고 있다. 겉만 그럴싸하게 포장할 뿐, 속은 과거에 갇혀 발 한 짝도 못 뗀 상태다. 언론으로서 사회적 어젠다(agenda)를 던지고 대안이나 해결책을 제시할 자격이 있는지 의문이다.

HTS[5] 프로그램을 실행시키자 노트북 화면에 붉고 파랗게 물든 수치가 실시간으로 바뀐다. 이 중 필요한 데이터를 잽싸게 파악해

미리 만들어 둔 기사 틀에 수치와 주식 종목 등을 채워 넣는다. 이 정도면 로봇까진 않더라도 로봇 팔 정도로 불러도 될 듯싶다. 증권 시장이 문을 연 지 2시간, 이제 '[특징주] 기사'를 올려야 할 시간이다.

이 일련의 과정은 나비가 꽃에 앉아 호스처럼 생긴 기다란 입을 꽃의 꿀샘에 깊게 뻗어 꿀을 빨아 먹듯 자연스럽다. 지난 1년 반 동안 매일매일 하던 작업이다. 여기에는 기자로서 시각이나 견해 이런 것은 전혀 담겨 있지 않다. 누가 취재했는지, 작성했는지 중요하지 않은 기사. 사람들이 손가락질 한 두 번으로 읽어 내려갈 만한 흥밋거리를 글로 정리하고 사진을 붙여 인터넷에 올릴 뿐이다. AI 기자로 바뀌었다고 크게 달라질 건 없다. 실시간 이슈를 기사로 작성하는 일에서 증시 기사를 쓰는 것으로 옮겨갔을 뿐. 이전에도 지금도 기사에서 내 이름은 찾을 수 없다.

점심 식사를 거르고 책상에 엎드려 쉬고 있는데 불쾌한 고 부장의 목소리가 들린다.

"진 기자. 내 말 좀 들어봐. 노력하는 건 알고 있는데 속도가 너무 느려. 봐봐. 여기 이 경제지에선 오전에만 로봇 기자가 40개 기사 내보냈잖아. 우리는 20개밖에 안 돼. 이러면 사람들이 뭐라고 생각하겠어. 로봇이 쓴다더니 이전이랑 달라진 게 없다고 할 거 아니

---

5) Home Trading System. 개인 투자자가 객장에 나가지 않고 집이나 사무실에서 주식과 파생상품 등 금융 투자 거래를 할 수 있게 하는 컴퓨터 프로그램.

야."

고개를 들어 안경을 고쳐 쓰고 멀뚱한 표정으로 부장을 쳐다본다. 시계를 보니 근무 시간까지는 아직 10분이 남아있다.

"우리도 40개까진 아니더라도 적어도 30개. 아니, 25개 정도는 올려보자. 며칠 해봤으니깐 이제 감 익었잖아. 한 번 해보자. 알았지?"

고 부장이 말하는 몇 초 사이에 많은 생각이 스쳤지만, 입에선 나오는 소리는 '네'라는 대답뿐이다. 짧다면 짧고 길다면 긴 사회생활에서 화를 내봤자 나만 손해라는 사실을 배웠고, 화를 다스리는 법을 스스로 터득했다. 바로 화를 잠그는 수도꼭지를 마음속에 두는 것이다. 마음이 평온할 땐 수도꼭지를 열어 감정을 솔직하게 드러내면서 생활한다. 그러다 점점 스트레스를 받고 화가 나기 시작하면 수도꼭지를 서서히 잠가 감정을 통제하는 식이다. 지금은 분노를 수도꼭지로 꽉 잠가 한두 방울 떨어지는 수준이다. 하지만 언제까지 화를 누르고 잠가놓을진 장담하기 어렵다.

"진 기자. 이거 뭐야? 오타야? 이러면 큰일 나. AI 기사라고 홍보했는데 오타 나면 독자들이 뭐라고 생각하겠어."

"어…… 어디요? 그럴 리가 없는데……."

"여기 아까 30분 전에 올린 건설사 특징주 기사 말이야. 여기 둘째 줄에 틀렸잖아. 로봇이 잘못 쓴다는 게 말이 안 되잖아."

곧장 작성한 기사를 확인하니 맞게 쓴 내용이다. 다시 확인해도 처음에 올렸던 게 맞다. 내가 맞고 부장이 틀렸다고 하면 최소 2배 이상의 잔소리가 돌아올 것이다. 그냥 참기로 했다. 머릿속에서 '똑,

똑' 물 떨어지는 소리가 다시 들리는 듯하다.

일에 집중하려고 모니터를 보고 있는데 옆자리에서 시선이 느껴진다. 나보다 두 달 일찍 이 일을 시작한 현지다. 내가 언론고시를 준비한 끝에 돌고 돌아 이곳으로 왔다면 현지는 나와 조금 다르다. 그녀는 아직 대학 졸업 전으로, 휴학하고 경험 삼아 계약직 온라인 기자로 이곳에서 일하고 있다. 현지는 내가 회사에 다니면서 다른 언론사 입사 시험을 보는 것을 알고 있다. 온라인 계약직으로 일한 지 1년이 채 안 됐을 때 노트북 아래 접어둔 수험표를 들킨 적이 있기 때문이다. 이후 현지의 태도는 나만 알아차릴 정도로 묘하게 차갑게 바뀌었다. 그것은 마치 누에에서 막 변태한 번데기가 죽음을 앞둔 나비를 가엾이 여기는 모습과 비슷했다. 그녀는 숨을 거두기 전 힘 없은 날개를 파닥이며 헛발악하는 나비 보듯이 나를 대했다. 겉으로는 나를 포함해 동료들과 점심 식사도 하고 크게 부딪히는 일 없이 잘 지냈지만, 이따금 '가소롭다' 라는 눈빛으로 나를 쳐다봤다. 고 부장의 잔소리에 불편한 동료의 시선까지, 이미 커피를 마셨지만 단 커피가 당긴다. 바닐라 시럽을 잔뜩 뿌린 시원한 라테 한잔을 마시며 아무 생각 없이 멍때리고 싶다. 떨리는 눈꺼풀이 오늘따라 짜증난다.

그때 노트북 화면 하단에 사내 메신저에 반가운 이름이 보인다. 김 선배가 보낸 쪽지다. 오늘 저녁 시간이 되냐고 선배가 묻는다.

김 선배는 같은 대학을 졸업한 세 학번 위로, 답 없는 회사에서 유일하게 믿고 의지하는 사람이다. 선배는 같은 직장에서 일하지만 나와 출발선부터 다르다. 선배는 내가 꿈꾸던 길을 고대로 밟고 있다. 몇 년 전 선배는 처음으로 응시한 언론사 시험 1차 전형에 덜컥 붙더니 그다음 시험이었던 국보신문에선 최종 합격까지 해냈다. 언론 고시 시작 6개월 만에 국보신문에 최종 합격한 그는 신문방송학과의 전설로 불린다. 그렇게 그는 대학을 떠나 신문 기자로 세상 앞에 당당하게 나섰다.

선배가 이곳에 다니는 사실을 알고 있던 터라 입사하면 금방 그를 만날 줄 알았다. 하지만 생각보다 만나기 힘들었다. 기자들이 회사로 들어오는 건 편집회의 참석을 위해 일주일에 한 번 정도라고 나중에 들었다. 선배가 속한 사회부는 내가 일하는 온라인 부서와 층도 달라 마주칠 일은 더욱 없었다.

"아, 안녕하세요. 선배. 오랜만에 뵙죠. 저 아래층 온라인 부서에서 일해요."

예전에 사귄 남자친구가 군대에 왔다는 걸 체감한 순간은 관등 성명을 처음으로 댈 때라고 얘기했다. 선배에게 직접 소속을 말하는 순간 내가 처한 현실을 체감했다. 점심시간에 순두부찌개를 먹다가 흰 티셔츠에 튄 자국을 감추려고 팔을 엉거주춤 들었다. 이에 고춧가루가 끼어 있지는 않았는지 걱정이 돼 입술에 힘을 준 채 말할 수밖에 없었다. 당당하지 못 한 나의 처지를 숨기려고 하는 듯 순간 몸이 어색하게 움츠러들었다.

이후 선배는 삭막한 회사 생활에 오아시스 같은 존재가 됐다. 온라인 기자로서의 어려움뿐 아니라 직장 상사 얘기도 스스럼없이 했다. 같은 회사에서 일하지만, 부서와 업무가 달랐기에 더 솔직했다. 함께 일할 가능성은 작으면서도 회사 직원들에 대해 대부분 알고 있어서 이야기가 더 잘 통했다.

선배에게만큼은 마음속 고이 접어둔 이야기도 꺼낼 수 있었다. 온라인 기자 계약이 끝나면 이후에 언론고시를 보면서 펜 기자가 될 준비를 다시 할 계획이라고 선배에게 숨김없이 말했다.

"그래, 어뷰징 기사[6]만 쓰기엔 소희 네 실력이 아깝지. 진짜 기자는 현장에서 일해야지. 너는 할 수 있을 거야." 선배와 만날 때마다 그는 내 꿈을 존중하고 응원해 줬다.

"AI 기사가 네가 쓴 기사였어? 당연히 컴퓨터가 쓴지 알았지. 진짜 대단하다. 고 부장. 그런 거까지 기자한테 시키냐……. 좀만 더 버티자. 여기서 경력 좀 쌓고 다시 시험 봐서 네가 원하는 데 들어가면 돼. 그러면 이 꼴 안 봐도 된다. 다녀봐서 알겠지만 우리 회사 솔직히 별로잖아."

그가 말한 '우리 회사'라는 단어에서 왠지 모를 위화감이 느껴진다. 나 역시 그가 말한 '우리 회사' 소속원에 포함될까, 아니면 계약직인 온라인 기자는 당연히 제외되는 것일지 궁금해졌다.

선배는 술잔을 단숨에 비운 뒤 "너는 좋은 기자가 될 거야."라고 웃으면서 얘기했다.

기울여 가는 소주잔이 늘수록 내 목소리는 커지고 고민거리도 허물없이 꺼내게 된다. 술김에 며칠 전 차 경위님이 전화로 들려준 기

---

6) 언론사가 의도적으로 포털 사이트에서의 기사 클릭 수를 늘리기 위해 작성하는 기사.

삿거리를 선배에게 털어놓았다.

"오! 그래. 그래. 내가 볼 때 이거 기사 되는 내용이야. 근데 이거 네가 취재해서 쓰면 고 부장도 이 기사 건은 네 바이라인 달고 기사를 내보내 주지 않을까?"

역시 선배는 원하는 답을 귀로 듣게 해준다. 술기운이 얼얼하게 오른다. 슬슬 내일 출근 걱정이 올라온다. 거울을 보진 않았지만 분명 얼굴은 발그스름할 테다. 선배와 만나면 매번 이런 식이다. 흔들리는 술집 네온사인 때문인지 정신이 점차 아득해진다.

출근 후 책상 위에 놓인 신문을 보니 현기증이 난다. 1면에 실린 톱 기사 제목만 보고 순간 '내가 쓴 기사인가'라는 말도 안 되는 생각을 했다. 정신을 차리고 바이라인을 살폈다. 김 선배다. 이 기사는 며칠 전 차 경위님에게 들은 내용이다. 이틀 전 선배와 마신 소주가 아직 분해되지 않은 기분인데, 다시 봐도 김 선배가 쓴 기사가 1면 톱 기사로 실렸다.

대부분의 드라마나 영화에서 악인이 나타나 주인공이 위기에 빠지듯이 이 시나리오에서 그 역할은 김 선배가 맡았다. 그와 상상 속에서나마 로맨스 가능성까지 열어뒀는데 제대로 뒤통수를 맞았다. 선배는 나보고 취재해서 써보라고 했다. 잘하면 지면에 내 이름으로 기사를 실을 수 있을 거라고 했지만 모두 거짓이었다.

배신감에 치가 떨렸다. 출근길에 사 들고 온 아이스 아메리카노를 머리에 부으면 이 열이 식을까. 참아야 한다. 여긴 회사다. 조금 지나자, 옷이 홀랑 벗겨진 채로 광화문 사거리 한복판에 서 있는 듯한 수치심을 느꼈다. 얼굴이 화끈거리고 눈물이 왈카닥 쏟아질 듯했지만, 꾹 참았다.

"와, 사회부 김 기자 오늘 1면 톱 기사 쓰더니, '이달의 기자상'도 받았네. 진짜 될 놈은 뭘 해도 되네. 요새 잘나가네."

그때 사무실 칸막이 너머 문화부에서 하는 이야기가 들린다. 평소라면 축하했을 소식이지만 오늘만큼은 반갑지 않다. 포털사이트에 들어가 '이달의 기자상'을 부리나케 검색한다. 이달의 기자상이라. 실시간 검색어를 토대로 우라까이[7] 기사만 써 온 나와는 너무나도 거리가 먼 얘기다. 하지만 언론고시를 준비할 때만 하더라도 열심히 하면 언젠가 '이달의 기자상'을 받을 것이라고 믿었다.

검색해 보니 '이달의 기자상에 국보신문 〈국회의원 음주운전 은폐 의혹〉 등 선정'이라는 기사 제목이 여러 개 나온다. 그중 하나를 클릭해 창을 확대했다. 김 선배가 미소를 짓고 꽃을 든 채 '이달의 기자상' 플래카드 아래서 찍은 사진이 보인다. 불과 이틀 전 화사하게 웃으며 나를 달래준 선배의 얼굴이 떠올랐다.

신문사는 오후로 갈수록 소란스러워진다. 비교적 일상 소음 정도만 들리는 평상시와는 다르게 오후 3시 정도가 넘어가면 점점 목소리가 커진다. 마감 시간이 다가오기 때문이다. 지면에 실을 기사가 올라오면서 사무실에 있는 데스크(desk)[8]가 기사를 살펴보고 고친

---

7) 신문·방송 현장 일본말 속어. 기사 마감이 임박해 다른 신문사의 기사 일부를 대충 바꾸거나 조합해 새로운 자기 기사처럼 내는 행위.

8) 신문사나 방송국의 편집부에서 기사의 취재와 편집을 지휘하는 직위. 또는 그런 사람.

다. 이 과정에서 조용히 지나가는 날은 거의 없다. 처음 회사에서 일을 시작할 때는 다 큰 성인도 이렇게 혼날 수 있구나 싶어서 놀랐다. 그러나 매일 듣다 보니 기자(記者)란 '기록하는' 사람이 아니라 '꺼리고 시기하는(忌)' 사람이 아닐까 하는 엉뚱한 생각까지 하게 됐다. '네가 이래 놓고 기자라고 할 수 있어?' 라는 말은 노상 반복되는 배경음이 됐다.

그 소란 통 한가운데 온라인 부서만 아무도 들르지 않는 섬처럼 존재감 없이 떠 있다. 지면 마감과 전혀 상관없는 부서이기 때문에 그 시간만큼 온라인 부서는 철저히 외면됐다. '기자님'과 '월 180만 원 계약직'. 둘 다 내가 처한 상황이지만 이 두 타이틀의 간격은 좀처럼 좁아지지 않는다. 출근 후 확인하는 회사 메일함에선 '기자님'으로 불린다. 발신자 '진소희 기자님에게' 쏟아지는 수십 개의 보도자료로 메일함이 가득 찬다. 전화로도 '기자님'을 찾는다.

하지만 사무실에선 존재감 없는 계약직 기자일 뿐이다. 마감 시간이 다가올수록 고요해지는 온라인 부서와 비슷하다. '기자님'과 '월 180만 원 계약직' 두 지위 간격에서 나 혼자 부유하는 기분이다. 정규직도, 취재 기자도 아닌 채 불완전하고 어정쩡한 상태로 회사에 한 발만 걸치고 있다. 그러다 회사 곳곳에서 나를 건드리는 크고 작은 일이 일어날 때마다 스스로 채찍질한다. 어서 꿈에서 깨 현실에 직시해야 한다고 말이다. 전자보단 후자가 직면해야 할 '현재'다.

그때 어김없이 고 부장의 팩팩거리는 소리가 등 뒤로 들린다. "진 기자. 기사 안 올라와? 다른 회사들 벌써 증권 기사 올라오기 시작했어. 우리도 시작해야지."

다른 날과 달랐다. 참아지지 않는다. 머릿속 수도꼭지가 강한 수압을 견디지 못하고 콸콸 쏟아져 나오는 환청이 들린다. 고 부장의 잔소리에도 아무 말 하지 않는다. 잠시 노트북 모니터와 눈싸움이라도 하듯 뚫어지게 쏘아본 뒤 그대로 책상을 박차고 일어나 사무실 밖으로 나간다. 어디 가냐는 고 부장의 다급한 소리가 들리지만 무시한다. 아무리 두 눈에 힘을 줘도 눈물이 흐르는 것을 막을 수 없다.

호기롭게 나왔지만, 변변찮게 버는 계약직 직장인이 갈 만한 장소는 손에 꼽힌다. 집이나 카페, 편의점 정도다. 무단이탈로 곧 백수가 될 위기라 그마저도 카페에 가려다가 편의점으로 발걸음을 돌렸다.

편의점에 들어온 뒤 눈동자를 굴려 빠르게 앉을 수 있는 자리가 있는지 본다. 밖에서 볼 때는 작아 보였는데 생각보다 넓어 다행히 자리가 있다. 무엇을 살까 고민하며 매장을 돌아보다가 '1+1'이라고 쓰여 있는 이온 음료가 눈에 띈다. 통신사 할인까지 챙겨 값을 치르고 난 뒤 아까 봐둔 자리에 털썩 앉는다.

뚜껑을 돌려 한 모금 마시니 진정되는 기분이다. 나머지 1병은 집으로 가져가 내일 마시면 되겠다는 쓸데없는 생각까지 미쳤다. 인생도 '1+1' 기획상품처럼 구성되면 좋겠다. 1개의 값만 내면 1개의 상품이 함께 따라오는, 적당히 노력하면 행복해지는 그런 인생 말이다. 누군가는 무엇인가를 이루기 위해 1의 노력을 하면 2라는 성과가 따라오는 경우가 있다. 하지만 나를 포함한 대부분 사람은 노력

AI 기자

에 미치지 못하는, 마이너스가 붙은 성적표를 받는 데 익숙하다. 그렇게 실패를 반복하다 보면 다시 일어서는 데 시간이 필요하다. 지금이 인생의 그런 때인 걸까……

음료수에서 눈을 떼 창밖으로 시선을 옮긴다. 창밖 너머에는 생김새도 걸음걸이도 제각각인 사람들이 한 손에 쥔 스마트폰을 응시하며 지나간다. 다들 어딜 향하는 걸까. 무슨 생각으로 세상을 걸어가는 걸까. 또 버티는 걸까. 스마트폰으로는 뭘 그리 보는 걸까. 동영상일까 아니면 어뷰징 기사일까. 그것도 아니면 메신저일까. 그러다 문득, 무척이나 마음에 들지 않는 이 생활에 변화가 필요하다는 사실을 깨닫는다.

"어디서부터 잘못된 건지. 우리가 왜 이러는 건지. 울고 있는 내 맘 아는지. 다시 돌릴 순 없는 건지." 카페에서 철 지난 유행가가 흘러나온다. 이별을 앞둔 연인들의 슬픈 대화를 나누는 내용의 가사지만 어쩐지 내 이야기를 가사로 써 내려간 느낌이다.

이틀째 무단결근이다. 등이 침대에 붙어있는 것처럼 이틀 내내 누워서 생활했다. 그때 휴대전화가 울린다. 고 부장이 보낸 메시지가 화면에 뜬다. 메시지를 읽지 않는다. 미리보기 화면으로 어떤 메시지를 보냈는지 살펴볼 뿐이다. 메시지를 확인했단 의미의 숫자 1이 사라지면 부장에게 전화가 바로 올 테다. 메시지를 살펴보니 고 부장은 보직 변경 때문에 힘들어서 회사를 뛰쳐나간 줄 알고 있다.

반쯤은 맞는 얘기다. 이 일탈은 AI 기자로 업무가 갑작스럽게 바뀐 것에서 시작했다. 사실 이렇게 무단결근, 무단이탈로 이어질 일까진 아니었는데, 몇몇 사건이 나를 회사 밖으로 몰아냈다. 그러니깐 왜 멀쩡한 사람을 로봇으로 만들어. 내일은 회사에 나가야겠지. 그래야 안 잘리겠지…….

복잡한 생각만큼 머리가 무거워져 다시 침대에 대(大)자로 누워 괜히 스마트폰 화면을 터치해 본다. 평소엔 들어가지도 않는 SNS(소셜네트워크서비스) 앱에 접속하니 몇 초 만에 인위적으로 꾸민 타인의 삶을 쉽사리 엿볼 수 있다. 의미 없이 스크롤을 내리니 사무실 옆자리인 현지의 피드가 올라와 있다. '피해주는 인생을 살지 말자. 애초에 나와는 다른 사람이지만, 이제는 동정심도 들지 않네.' 라는 문구가 쓰여 있다. 짤막한 글 위에는 회사 화장실 창문에서 찍은 풍경 사진이 올라와 있다. 현지를 포함한 계약직 기자들이 내가 하던 AI 기자 업무를 대신하고 있을 테니 이 피드는 나를 저격하는 내용임이 틀림없다. 현지에게 나는 실력도 없고 끈기도 없는 사회 부적응자로 비치려나……. 오늘까지 아무 생각 안 하고 누워만 있고 싶었는데 삐져나온 한숨을 참을 수 없다.

또다시 휴대전화가 진동한다. 차 경위님에게 걸려 온 전화다. 죄송한 마음이 앞선다.

"여보세요. 신문 보셨죠. 네. 그렇게 됐어요. 그 선배한테 기삿거리 준 건 아니었고 한 마디로 물 먹은 거죠.[9]"

뒤통수 맞은 사실을 내 입으로 직접 털어놓으니 씁쓸함을 더욱 감

---

9) 기자가 기사를 놓치는 경우를 뜻하는 언론사 은어. 다른 언론사에서는 썼지만 기사를 쓰지 않거나 단독 기사를 빼앗긴 경우 등이 여기에 해당한다.

출 수 없다.

"진 기자. 됐어. 어차피 그건 그렇게 중요한 건도 아니었어. 더 큰 건 넘겨줄게. 이번 건 더 괜찮아. 대신 꼭 진 기자 이름으로 어디에 든 실리게 해줘야 해. 약속해 줘."

어떻게 해야 할지 정리가 안 되지만 일단 알겠다고 힘을 주어 말했다.

"이메일 하나 보냈어. 그거 토대로 한 번 알아봐. 인터뷰도 한 번 따보고."

감사하게도 다시 한번 기회가 왔다. 이번에는 기삿거리를 뺏기지 않고 기사화해야 한다. 통화를 끝내자마자 미끄러지듯 책상에 앉아 노트북 전원을 켰다. 메일함에 들어가자 이미 메일이 도착해 있다. 찬찬히 살펴보니 메일 끝에는 주소 한 개가 실려있다.

몇 년 전 치매의 원인이 되는 주요 세포를 찾아내 국내외적으로 인정받은 의료인이 있었다. 그는 언론과 방송에 여러 차례 얼굴을 비춰 이름을 알렸다. 그러나 얼마 뒤 연구 사실을 조작한 것으로 드러나면서 영웅은 한순간에 사기꾼으로 전락했다. 조작 사실이 밝혀지자, 그는 잠적했고 사람들은 타락한 영웅을 더는 찾지 않았다. 메일에는 그 의료인이 칩거하는 주소가 남겨 있었다.

메일을 읽고 어떠한 내용인지 대략 파악을 하자 밑도 끝도 없이 가슴이 뛰었다. 기자가 되자고 처음 결심했던 그날처럼 말이다. 놀란 마음이 쉽게 진정되지 않았다. 그를 찾아가서 뒷얘기를 듣고 싶다. 이 이야기를 세상에 알리고 싶다. 사람들도 나처럼 그의 근황, 그가 왜 그런 대국민 사기극을 펼쳤는지 궁금해하지 않을까. 나만 그렇게 생각하는 걸까. 이 이야기는 기삿거리가 될까. 짧은 순간이었지만 수많은 생각이 머릿속을 지나갔지만 한 가지 속마음이 명료하게 떠올랐다. ―나는 로봇이 아니다. 더는 내 이름을 숨기고 싶지 않다. 내 이름을 내건 기사를 쓰고 싶다.―

　자세를 고쳐 앉고 메일을 토대로 의료인에 대한 조사를 시작한다. 밤이 깊어 가지만 이상하게 피곤하지 않다. 오히려 생기가 돈다.

　조사를 하느라 밤을 새웠다. 무거운 몸을 이끌고 화장실에 들어가 따뜻한 물로 몸을 씻는다. 방세간이라고는 옷장, 책상, 침대가 전부인 원룸에 어울리게 화장실 크기 역시 아담하다. 샤워기를 벽 위쪽에 꽂고 정신을 차릴 겸 양손을 모아 앞으로 쭉 뻗어 스트레칭하니 벽과 마주쳐 작은 소음을 만든다. 왠지 매일 먹고 자고 생활하는 이 공간이 손바닥을 마주쳐 새로운 변화를 축하해 주는 듯해 피식 웃음이 나왔다.

　수건으로 몸을 닦고 한눈에 들어오는 한 칸짜리 옷장 앞에 선다. 걸려있는 옷가지도 몇 가지 되지 않는다. 매일 사무실로 출근했지만 하는 일은 생산직과 크게 다를 바 없다. 사무실에 나가서 비슷비슷한 내용의 기사를 기계처럼 찍어낸다. 통 넓은 티셔츠와 슬랙스 바지, 그리고 운동화. 그거면 일하기 충분한 복장이다.

　원룸 벽에 걸린 시계를 쳐다봤다. 오전 8시가 넘었다. 목소리를 가다듬고 휴대전화를 들었다. 전화번호 주소록에서 '고 부장' 이름을 검색해 전화를 건다.

　"안녕하세요. 부장. 심려 끼쳐 죄송합니다. 네. 네. 마음 많이 추

AI 기자

슬렀습니다. 감사합니다. 부장. 그런데 죄송한데……. 혹시 며칠 휴
가 더 써도 괜찮을까요. 갑작스럽게 해야 할 일이 생겨서요."

휴대전화 너머로 고 부장의 목소리가 들린다.

"그래, 무단이탈도 징계 사유 되는 거 알지? 내가 신경 써서 문제
안 되게 수습해 놓을게. 며칠 푹 쉬고 와서 다시 열심히 해보자고.
AI 기사 쓰는 건 다른 부원들이 나눠서 하고 있어. 걱정하지 말고
쉬고 와."

"네, 이해해 주셔서 감사합니다. 연차 기안 바로 올려두겠습니
다."

곧장 노트북을 켜서 연차 기안을 올린다. 재빠르게 나갈 채비를 마
치고 용산역으로 향하는 버스를 탄다. 어제까지만 하더라도 집구석
에 처박힌 채 슬픔에 잠겨 과거를 되짚어봤다면 오늘은 다르다.

기차역에도 오랜만에 와본다. 생각해 보니 대학 졸업을 앞두고 고
등학교 친구들과 경주에 가려고 탔던 게 마지막이었다. 졸업과 동시
에 3년 넘게 언론고시에 매달렸고 2년 가까이는 일하느라 정신없이
보냈다. 대학을 졸업하고 난 다음부터 따분하고 또 지겨운 일상이
었다. 하지만 그 시절 나는 치열하고 매 순간 진심이었다. 하루하루
어떻게 버텼는지, 돌이켜보면 아득한 그때가 있었기에 지금의 내가
존재한다는 사실을 깨닫는다. 사회적으로 합격 통지서 한 장 받지
못한 패배자로 비친다. 하지만 이 순간 스스로를 칭찬해 주고 싶다.
원하는 결과를 이루진 못했지만 그래도 애썼다고. 인생의 실패자가
아니라고.

나주행 기차가 경적을 울리고 플랫폼으로 들어선다. 기차에 올라

타고 바로 휴게실 칸을 찾아 움직인다. 휴게실 칸에서 충전기를 꽂을 수 있는 적당한 자리에 앉는다. 휴대전화와 충전기를 연결한다. 나주까지 가는 동안 계속 전화할 계획이라 휴대전화 배터리를 충전해야 한다. 그러곤 배낭에서 수첩을 꺼낸다. 표지에는 '국보신문 취재 수첩' 이라는 글자가 각인돼 있다. 금색으로 새겨 있어 반짝여 보인다. 바이라인조차 없는 계약직 기자에게는 과분한 물건이라는 듯이 고귀한 자태를 뽐내고 있다. 이 수첩은 지난 연말 회사 직원 모두에게 한 부씩 돌려졌다. 불과 며칠 전까지만 하더라도 취재를 위해 쓸 일은 없었다. 원룸 책상 서랍에 처박혀 올해 달력의 마지막 장을 넘길 때까지 제 역할을 하지 못한 채 쓰레기통으로 갈 운명이었다. 그러나 불과 며칠 사이에 밤새워 정리해 둔 연락처와 메모가 빼곡히 차 있는 취재 수첩의 역할을 수행하게 됐다.

한 시간 동안 열 건 넘게 전화했다. 그에 대해 조금 실마리가 풀린 듯하지만 아직 모자란다. 여기 남아있는 연락처에 전화를 다 돌리면 알고 싶은 진실에 한 발짝 다가갈지도 확신할 수 없다. 하지만 그를 만나기 전에 최대한 그와 관련한 단서를 얻어야 한다.

숨을 돌릴 겸 잠시 기차 좌석에 평안히 몸을 기대본다. 의자에 등을 의지하자 몸은 가만히 있는데 창밖 풍경만 휙휙 바뀐다. 그 모습이 정신없어야 하는데 오히려 정신은 맑고 또렷하다. 과거의 반짝이던 시절로 돌아가는 기분이다.

대학 시절 할 말은 해야 직성이 풀리는 성격이었다. 불합리한 상황이 처하면 그 상황을 현명하게 대처하려고 사고했다. 타인이 어려운 상황에 놓이면 돕고 불의에 항거했다. 세상에 긍정적인 변화를 부를 언론인은 응당 그래야 한다고 여겼다.

세상을 향해 안테나를 켜고 살았다. 주변에 문제가 없는지, 기사로 바꿀 부분은 있는지 기자처럼 생각하려고 했다. 인턴 기자로 일할 때도 이런 나의 모습에 선배들은 좋은 기자가 될 거라고 나를 칭찬해 줬다. 그때에는 그 말을 의심하지 않았다.

그래, 이렇게 취재하는 게 진짜 나의 모습이지. 일하는 거랑 다르게 힘들지 않고 재밌다. 취재가 끝나면 내 인생은 어떻게 되는 거지……. 휴대전화에 대고 쉴 새 없이 떠들다 보니 이런 고민이 내 머리를 스쳤다. 그러나 지금은 취재에만 집중하기로 한다. 나를 믿어준 사람들을 실망하게 하고 싶지 않다. 이번에도 빼앗길 수는 없다. 내 이름을 내걸고 반드시 기사를 쓰겠다고 결의를 다졌다.

"다음 기차역은 나주역입니다. 나주역에 내리실 고객 여러분은…." 기차가 나주역에 다다르자 기차에서 벗어나 세상 밖으로 나왔다.

무단이탈 2일, 취재를 위해 유급 연차 3일, 꼬박 5일을 쉬고 한 주가 바뀌어 출근했다. 회사에 안 나온 지 일주일밖에 안 됐는데 공기가 달라진 걸 느낀다. 분명 같은 사무실, 사람들이다. 사무실 불이 꺼질 때까지 함께 켜있는 YTN 뉴스까지 모두 그대로다. 매일 새로운 뉴스(NEWS)를 다루는 신문사지만 쳇바퀴를 돌듯 똑같이 움직인다. 출근하고 익숙한 듯 기사를 읽고 쓴다. 바뀐 건 크게 없다. 달라진 건 나뿐이다. 지난주에는 퇴근만을 기다리면서 노트북 키보드를 감정 없이 두드리는 로봇이었다면 지금은 살아 숨 쉬고 감정이 있는 사람 진소희다.

나는 자리에 앉아 호흡을 고르고 여전히 꽉 끼는 안경을 쓰고 있는 고 부장에게 다가간다. 오늘 출근하면서 준비한 말을 차분히 꺼낸다.

"부장, 안녕하세..."

"그래, 잘 지냈고? 이제 마음은 잡혔어, 좀?"

고 부장은 그동안 회사에 물의를 일으켜 죄송하다는 나의 사과를 기다리고 있었다는 듯이 성급히 내 말을 자르고 질문했다.

"네, 바쁘게 지내다가 왔습니다. 연차 쓰게 허락해 주셔서 감사합니다. 그런데 저 드릴 말씀 있습니다." 나는 잠시 감았던 눈을 말똥히 뜨고 이어 말했다. "제가 쓴 기사를 지면에 내보내고 싶습니다. 취재는 다 해왔고 기사도 완성해서 왔습니다."

부장은 예상치 못한 요구에 당황한 듯 미간을 찌푸린다. 표정에서 '어디서 개소리야' 라는 그의 속마음이 읽힌다. 그는 척박해 갈라진 입술을 쑥 내민다.

"흠, 기사를 내보내달라고? 네가 데스크야? 우리 부서가 온라인 부서인 건 본인이 더 잘 알 텐데. 온라인 몰라? 우린 지면에 기사 못 보내. 무엇보다 진 기자는 지금 AI 기자로 기사 쓰고 있잖아. 진 기자가 나한테 말해봤자 나는 아무 힘도 없어. 알잖아."

고 부장의 말을 듣고 고개를 두 번 끄덕인다. 고 부장에게 그런 권한이 없다는 사실은 이미 알고 있었다.

"네, 그렇게 답하실 거라고 예상했지만 일단 말을 꺼내본 거였습니다." 주머니에서 접혀있는 봉투를 꺼내 고 부장에게 건넨다. 어젯밤에 챙겨뒀던 사직서다.

"자, 여기요."

고 부장이 눈을 깔아 봉투가 무엇인지 확인하고 또다시 얼굴을 찡그린 채 나를 쳐다본다.

"하, 이제 마음 잡았는지 알았는데, 연차 쓸 때 퇴사하려고 신변 정리한 거였어? 이러면 우리도 곤란해. 지금 일손 부족한 거 진 기자 눈에는 안 보여? 갑자기 인사 낸 거 미안해서 지금까지 가만히 있었더니 안 되겠네!" 고 부장이 목소리를 높인다.

"그래도 받아주셔야 해요. 저 이제 더는 AI 기사 못 쓰겠습니다."

"알았어. 그러면 이전대로 온라인 기사 쓰면 되잖아. 그리고 부탁한 기사가 뭔지는 몰라도 쉽게 올리고 그럴 거면 출입처는 왜 있고 부서는 왜 나눠 있는 건데. 당장은 그렇게 못 해줘도 회사 다니다 보면 기회가 와서 지면에 기사 실릴 수도 있겠지. 일단 온라인 기사부터 다시 쓰면서 기다려 보자. 사람이 왜 이리 급해. 사직서부터 내고 말이야."

"온라인 기자, 그것도 이제 하지 않으려고요. 제가 하고 싶은 거 하려고요."

"뭔데 그게. 어쭙잖게 겉멋만 들어서 기자라고 불러주니깐 뭐라도 되는 거 같아? 여기 그만두고 나가면 뭐 기자라고 불러주는지 알아? 나가서 뭐 하려고, 그럼!"

독이 있듯 날카로운 말이 날아와 나를 향해 비수를 꽂지만 이제 상관없다.

"제 이름 찾으려고 합니다. 온라인 기자니 AI 기자니 이런 거 말고. 진소희 이름 걸고 기사 쓰는 사람 되려고요. 제가."

고 부장이 비웃음에 찬 눈으로 나를 쳐다본다. 하지만 나 역시 지지 않고 고 부장의 눈을 똑바로 바라보면서 응수한다.

"일단 오전에 일하고 이따 점심 먹으면서 다시 대화로 풀어보자. 쉽게 해결할 문제가 아니야."

고 부장과의 날 선 대화를 마치고 자리에 앉는다. 모니터 옆에 놓여있는 달력을 들어 1월부터 5월까지 한 장씩 넘겨본다. 최다 pv(page view)[10]를 올려 잡힌 회식, 주말에 올릴 온라인 기사 마감일, 매주 수요일마다 야간당직 일정 등등 달마다 메모가 적혀있다. 책상 옆에 구겨놓았던 플라스틱 가방을 펼쳐 달력을 넣는다. 1년 넘게 앉았던 이 자리도 곧 '안녕'이다. 입사 첫날 전 남자친구에게 선물 받은 체크무늬 빨강 방석은 버리고 가야겠다.

옆자리 현지의 불쾌한 시선이 느껴진다. 그 시선을 피하지 않고 눈을 마주쳐 싱긋 웃어주자 오히려 그녀가 당황해 얼굴을 돌린다.

노트북을 켜고 기사 입력 사이트에 접속한다. 가방에서 USB를 꺼내 노트북에 꽂는다. 나주에서 취재한 내용이 이 안에 담겨 있다. 의료인과 진행한 인터뷰, 사진도 들어 있다. 내용물을 복사해 기사 입력 사이트에 붙여 넣는다. 사진도, 사진 아래 달아야 할 캡션도 이미 써두었다. 오탈자도 여러 차례 살펴봤다. 더는 완벽할 수 없다

---

10) 사용자가 사이트 내 웹페이지를 열람한 횟수.

고 자신한다. 제목 부문을 진하게 표시한다. 덕분에 '[단독]'이라는 글자가 포함된 기사 제목이 눈에 띈다.

기사 입력란 마지막 줄에서 키보드 커서가 깜빡댄다. 자동으로 입력된 [국보신문 AI 기자]라는 바이라인을 백스페이스 버튼을 꾹 눌러 지운다. 대신 AI 자리에 '진소희' 이름 석 자를 쓴다. 망설임은 없다. 기다리던 순간이다. ─드디어 찾았다. 내 이름.─ 피식 웃음이 나왔다. 고민 없이 기사 송고 버튼을 누른다.

최종 송고 버튼까지 눌렀으니 이제 내 이름으로 쓴 첫 기사가 세상에 공개됐다. 고 부장이나 회사 윗사람의 승인은 없었다. 하고 싶은 대로 기사를 올렸다. 사직서를 낸 기자의 일탈이니 기사는 회사에서 지워버리면 그만이다.

그러나 알고 있다. 회사에서는 함부로 이 기사를 지우지 못할 것이라는 사실을. 이 인터뷰 기사는 다른 언론사에도 일제히 받아쓰고 사람들에게도 계속 회자가 될 만한 내용이라는 사실도. 회사는 내가 입사한 이후 계속 기사 뒤에 나를 숨겼다. 하지만 내가 처음으로 이름을 내걸고 쓴, 이 기사만큼은 쉽게 숨기지 못할 것이다.

무단이탈했던 그날처럼 사무실 문을 활짝 열고 나왔다. 이번에도 어김없이 고 부장이 내 이름을 외친다. 사무실에 나왔을 뿐인데 불어오는 바람부터 다르게 느껴진다. 산뜻하고 따뜻하다. 새끼 새가 알에서 부화한 뒤 첫 발걸음을 떼는 기분이다. 아직 날갯짓도 할 줄 모르는 어린 새이지만 조만간 세상을 향한 첫 비행에 성공할 것 같은 근거 없는 자신감이 피어오른다. 설레기도 하고 앞으로 무슨 일이 일어날지 궁금하다. 무엇이라도 할 수 있는 기대감이 솟아오른다.

생각해 보니 2년 가까이 일하면서 마그네슘 부족으로 틈만 나면 눈꺼풀이 떨렸다. 하지만 오늘만큼은 떨리지 않는다.

나는 '국보신문' 글자가 새겨진 높은 빌딩에서 빠져나와 군중 속으로 사라진다.

2023 경기히든작가 선정작품집
제 7회 경기히든작가 소설 부문

초판 1쇄 인쇄 2023년 10월 31일
초판 1쇄 발행 2023년 10월 31일

지은이 김주몽 김주헌 박혜진 송정진 유은정
발행인 김경미
펴낸곳 (주)피카소

등 록 2021년 3월 26일 제2021-000072호
주 소 (우:10510) 경기도 고양시 덕양구 지도로45, 3F (주)피카소
전 화 070-7809-3690
팩 스 0504-329-7460
이메일 chk-00@naver.com